Sedativum – Dokumentation eines Niedergangs

Eine Novelle

AF285073

für die verbliebenden Freund(inn)e(n) der Freiheit

Ich bedanke mich bei Winfried Maaßen, Sandra Rojak, Niklas Klein und Gisela Frickmann für das konstruktiv kritische Gegenlesen des Manuskripts und die Verbesserungsvorschläge.

Hagen Frickmann

Sedativum – Dokumentation eines Niedergangs

Eine Novelle

Bibliografische Information der Deutschen Nationalbibliothek:
Die Deutsche Nationalbibliothek verzeichnet diese Publikation in der Deut-
schen Nationalbibliografie; detaillierte bibliografische Daten sind im Internet
über http://dnb.dnb.de abrufbar.

Illustration: Hagen Frickmann

Herstellung und Verlag: BoD – Books on Demand, Norderstedt

ISBN: 9783751979801

Inhaltsverzeichnis

Sedativum – Dokumentation eines Niedergangs

Eine Novelle

„Wohl brach ich die Ehe. Doch zuerst brach die Ehe mich."

Friedrich Nietzsche, **Also sprach Zarathustra**

Protagonisten

Friedhardt, Maximilian, Oberstaatsanwalt

Müller, MacDonald "Mackie", Zuhälter und Erpresser

Schüffner, Frank, Staatsanwalt

Schüffner, geb. Maurer, Victoria, Frau des Staatsanwalts, Unternehmerin

von Ludevicz, Egbert, Liebhaber von Victoria, Unternehmer

Warner, Tilo, Oberleutnant, Offizier beim militärischen Abschirmdienst

1. Prolog

"… Wenn man für Liebe bezahlen muss
Nur um einmal zärtlich zu sein …"
Chris Evans-Ironside, Hans-Joachim Horn-Bergnes, Kurt Gebegern,
Jenseits von Eden

Unter den historischen Denkern des griechischen Altertums
waren es Aristippos von Kyrene und später Epikur, die versuchten,
den Menschen mit ihren hedonistischen Lehren einen Sinn für das
Gute, Schöne und Geile zu vermitteln. Zu Zeiten der Französi-
schen Revolution und später in der Moderne bis Postmoderne
wurden diese Gedanken durch verfemte Intellektuelle wie Dona-
tien Alphonse François de Sade sowie zeitgenössische Philosophen
wie Bernulf Kanitscheider wieder aufgegriffen. Wirklich durchset-
zen konnten sich die Ideen von aufgeklärtem Hedonismus und fol-
genbewusster Libertinage nicht, während zugleich die Welten des
Sexus und der Warendinge des Kommerzes einander stets nah waren. Der aufgeklärte Hedonist blieb ein misstrauisch beäugter Son-
derling und dabei stets dem Verdacht eines gesellschaftszersetzen-
den Egoismus ausgesetzt. Die sozial förderliche Kraft des Hedonismus, der doch auf symbiotische Interaktion mit Dritten angewiesen ist, um zu sich selbst zu finden und nicht auf einem niedri-
gen selbstgenügsamen Niveau zu verharren, wurde dagegen selten
gesehen und noch viel seltener betont. Zu groß war die Angst der
Mächtigen vor der subversiven Kraft dieser den Individualismus
betonenden und den Selbstbetrug ablehnenden Philosophie, die
ein Beherrschen der Massen erschwert. So blieb der Hedonist ein
einsamer Suchender, der sich zwar über jeden Gleichgesinnten
freute, aber nicht missionieren ging. Denn die hedonistische Philosophie ist keine Lehre, die mit dem Stock eingeprügelt werden
kann. Sie erschließt sich entweder von selbst oder niemals.

2. Einleitung

"[…] But take the simple gift I give,
And learn from me how not to live."
George Orwell, **Entwurf für die Grabinschrift des Protago-
nisten der Novelle Burmese Days**

Die Geschichte, die ich erzählen möchte, ist eine gestohlene Geschichte. Sie war weder dazu bestimmt aufgezeichnet und noch viel weniger weitererzählt zu werden. Selbst diejenigen, die sie erlebt haben, kennen nur Versatzstücke von dem, was sich aufgrund kriminellen Amtsmissbrauchs seitens eines Kameraden vor mir als Ganzes offenbarte. Und doch haben mich die Aufzeichnungen persönlich zu sehr bewegt, als dass ich sie einfach als Beweisstück in einem banalen Disziplinarverfahren zu den Akten legen könnte. Alle Namen sind verändert und die Orte, an denen jene Ereignisse stattfanden, die einigen skandalös und anderen, so wie mir, vor allem interessant erscheinen mögen, werden von mir nicht genannt. Es geht auch nicht um das „wer" und „wo", vielmehr mögen die Ereignisse, wie ich sie teils aus vorliegenden Datenfragmenten, in Teilen auch aus meiner eigenen Phantasie rekonstruiert habe, für sich selbst sprechen.

Doch ich will von vorne beginnen. Mein Name ist Tilo Warner, ich bin Oberleutnant beim militärischen Abschirmdienst. Als vor einigen Wochen mein Dienstrechner ausfiel, wurde mir von unserer IT-Abteilung übergangsweise ein halbherzig formatierter und neu installierter Ersatzrechner, der eigentlich ausgesondert werden sollte, übergangsweise zur Verfügung gestellt. Ich hatte von Anfang an nur Schwierigkeiten damit. Das Laden des Betriebssystems dauerte exorbitant lange, es wurde eine lange Serie von Fehlermeldungen angezeigt und zu allem Überfluss schien die Festplatte derart beschädigt zu sein, dass sich Daten nur auf transportablen Speichermedien sichern ließen.

Bei dem Versuch, die von mir zuvor auf der Festplatte gesicherten Daten auf einem externen Datenträger zu speichern, wurde auf der beschädigten Festplatte versehentlich eine eigentlich gelöschte und formatierte Partition wiederhergestellt, die mir Einblick in Daten einer Sicherheitsklasse ermöglichte, auf die ich eigentlich keinen Zugriff haben sollte.

De facto waren die rekonstruierten Daten für niemandem beim Abschirmdienst bestimmt, denn es handelte sich um mitgeschnittene Kommunikationen einer Zielperson, die sich gar nicht im Bereich unserer Zuständigkeit bewegte und von unserer Dienststelle niemals hätte überwacht werden dürfen. Konkret ging es um den Oberstaatsanwalt Maximilian Friedhardt, der, wie ich mich inzwischen aus eigener Anschauung überzeugen konnte, ein ausgemachter Dreckskerl ist. Jedoch haben in unserem Land, was immer man persönlich darüber denken mag, auch Dreckskerle ihre Persönlichkeitsrechte, die zu schützen und nicht zu gefährden Gegenstand der Aufgabe der Sicherheitsdienste sein muss.

Wer damit ein grundsätzliches Problem hat, kann und darf nicht für die Sicherheit des Staates arbeiten, denn gerade in den Führungsetagen sind Saubermänner selten und es steht uns, als bezahlten Beobachtern, nicht zu, uns ein Urteil darüber zu bilden. Ich selbst habe mich diesbezüglich nie Illusionen hingegeben. Geschützt wird, wer zum System gehört, auch wenn er ein Dreckskerl von Oberstaatsanwalt ist, der sich persönlich der Rechtsbeugung und der Erpressung schuldig gemacht hat. Gewissensbisse sind dabei fehl am Platz oder man kann den Job des Staatsschützers halt nicht ausüben.

Zugleich sind Ermittlungen nach innen immer etwas weniger angenehm als Maßnahmen des Schutzes nach außen. Allerdings waren sie in diesem Fall gegen jenen Kameraden erforderlich, der die private Kommunikation Maximilian Friedhardts grundlos abgefangen und aufgezeichnet hatte, um seinerseits im Auftrag eines privaten Zuhälters den Oberstaatsanwalt damit zu erpressen. Die Angelegenheit war intern geklärt und der verantwortliche Obergefreite aus der IT schließlich formal wegen Drogenkonsums und damit verbundener Schädigung des Ansehens unseres Dienstherren unehrenhaft entlassen worden.

Die Details jenes etwas hässlichen Vorgangs habe ich mir anhand der Dateien in der rekonstruierten Festplattenpartition zusammenreimen können. Solche Ereignisse sind zweifellos unschön und sollten nach Möglichkeit nicht vorkommen, in der Realität sind sie jedoch gelegentlich eben doch an der Tagesordnung und dann unauffällig zu bereinigen; so weit, so banal.

Ich hätte denn auch meinerseits jenen Vorgang zweifellos schnell gedanklich abgetan und vermutlich sogar vergessen, wenn mir beim Sichten von Friedhardts Aufzeichnungen nicht ein Sachverhalt aufgefallen wäre, der meine Aufmerksamkeit erregte und schließlich fesselte. Verpackt in eine Skandalgeschichte aus devianten sexuellen Abenteuern fand sich die Beschreibung des Niedergangs einer großen Liebe, deren innerer Dramaturgie ich mich nicht entziehen konnte.

Ich begann nicht-autorisiert selbst zu recherchieren und fand schließlich immer mehr Hinweise, die erstens Friedhardts Aufzeichnungen bestätigten und zweitens seine fragmentierten Notizen zu einem mehr oder minder vollständigen Gesamtbild ergänzten. Was ich erfuhr, empfand ich gleichsam als so interessant, dass ich nicht umhin kann, diese Geschichte in pseudonymisierter Form aufzuschreiben und mithin für die Nachwelt zu erhalten.

Recherchen haben gleichwohl immer den Nachteil, dass man nur die Rahmenhandlung erfährt, jedoch wenig bis nichts zu den Motiven und zur Innenwelt der Agierenden. Wo immer diese Informationen fehlten oder nur vage aus dem retrospektiv nachvollziehbaren Verhalten der Akteure ableitbar waren, habe ich aus meiner Phantasie ergänzt und die Ereignisse somit abgerundet und verständlich gemacht. Es kann sein, dass ich mit meinen Einschätzungen dabei nicht immer richtig liege. Doch mag diese Geschichte vielleicht auch nicht zur Gänze wahr sein, so hoffe ich doch, dass sie dem geneigten Leser zumindest gut erfunden erscheint. Mir zumindest hat sich beim Recherchieren eine fremde und in ihrer Düsternis gleichsam faszinierende Welt aufgetan, so dass ich der Überzeugung bin, dass man die Ereignisse hätte erfinden müssen, wenn sie sich nicht exakt so zugetragen hätten. Zugleich erscheint mir das Geschehen so unwahrscheinlich, dass es eigentlich nur wahr sein kann, weil sich so etwas kaum jemand ausdenken würde. Aber machen Sie sich gerne selbst Ihr Bild.

3. Die Hochzeitsnacht

„Ich will doch nur spielen! Ich tu doch nichts!"
Annett Louisan, **Das Spiel**

Sonntag, 9. Juli 2017

Frank Schüffner lag kurz vor zwei Uhr in der Nacht schlaflos eng in Löffelchenstellung an seine nun auch kirchlich angetraute Braut Victoria angekuschelt. Wie immer, wenn er in dieser Position von hinten den Arm zärtlich um sie legte, war sie fast augenblicklich eingeschlafen. Dabei atmete sie fast geräuschlos. Frank spürte lediglich das regelmäßige Heben und Senken des Brustkorbs der

Frau, mit der er tags zuvor für das Ja-Wort vor den Altar getreten war. Seine Braut wirkte im Schlaf friedlich und entspannt.

Einem oberflächlichen Beobachter hätte das in der Hochzeitsnacht engumschlungen im festlich geschmückten Hotelbett liegende Pärchen die Illusion konfliktfreien Glücks vermitteln können. Und was anderes hätte man als Unbeteiligter auch erwarten sollen von der Traumhochzeit zwischen dem Staatsanwalt Frank Schüffner und Victoria Schüffner, geborener Maurer, selbständiger Unternehmerin im Bereich Steuerberatung für Großunternehmen und Spross einer alteingesessenen Arzt- und Mäzenenfamilie? Victoria hatte umwerfend ausgesehen in ihrem engtaillierten, blütenweißen Hochzeitskleid und war der unangefochtene Mittelpunkt der bombastischen Feierlichkeit gewesen, wie sie ja auch sonst praktisch überall, wo sie auftauchte, mit ihrer Klasse und ihrer gewinnenden Art schnell im Zentrum der Aufmerksamkeit stand.

Franks Freunde waren vom Beginn seiner mehrjährigen Beziehung mit Victoria an ziemlich neidisch gewesen und hatten es nicht verstehen können, wie ein leptosomer, nicht eben maskuliner Spargeltarzan wie er eine solche Traumfrau vor den Altar führen konnte. Als die Festlichkeit schließlich dem Ende entgegenging, hatte er denn von seinen inzwischen etwas angeheiterten Weggefährten auch die eine oder andere schlüpfrige Empfehlung für die Hochzeitsnacht mit auf den Weg bekommen. Frank hatte diese neidgetriebenen, jedoch gewiss nicht böse gemeinten Kommentare galant weggelächelt und seine Freunde amüsiert in dem Glauben gelassen, dass es da tatsächlich etwas gäbe, worauf sie neidisch sein konnten.

Dabei hatte er es durchaus besser gewusst, dies jedoch wohlweislich für sich behalten, gingen die Interna ihrer Beziehung doch nur Victoria und ihn etwas an. Über die Besonderheiten seiner sehr speziellen Liebe zu dieser ebenso speziellen Frau hatte er nicht einmal mit seinen engsten Bezugspersonen gesprochen.

Dabei war es keineswegs so, dass seine Gefühle für Victoria nicht aufrichtig wären. Er hatte seinen Schwur vor dem Pfarrer am Vortag durchaus ernst gemeint gehabt. Victoria war definitiv und ganz sicher die Frau, mit der Frank sein Leben verbringen wollte. Umgekehrt war er sich auch der starken emotionalen Bindung Victorias an ihn sicher, jenes unerschütterten Urvertrauens, das sie in seinen Armen so schnell und wie ein rosiges Baby einschlafen ließ. Und als Frank ihr am Vortag vor dem Altar den Ehering an den

Finger gesteckt und sie anschließend unter ihrem Schleier geküsst hatte, hätte ein zufälliger Beobachter das Geschehen schon auf wirklich inadäquate Weise mit den Augen fixieren müssen um zu erkennen, dass sich ihre Lippen dabei nur leicht verschränkt und ihre Zungen sich nicht berührt hatten.

Schon auf dem Weg zu ihrer reich mit roten Rosen geschmückten Hochzeitssuite hatte er gemerkt, dass Victoria vor allem müde war und froh, dass der Trubel der Feierlichkeit nun endlich vorbei und ohne größere Konflikte zwischen Vertretern ihrer nicht eben einfachen Verwandtschaft, unter der sich einige echte Charakterpersönlichkeiten befanden, über die Bühne gegangen war. Als sie, den Aufzug links liegenlassend, aneinandergeschmiegt die Treppe hochgegangen waren, waren ihr die Augen fast zugefallen.

An der Schwelle zur Suite angekommen, hatten sie, Franks eher schmächtiger Statur geschuldet, auf den Versuch des Über-die-Schwelle-Tragens wohlweislich verzichtet. Als sie dann endlich die Tür von innen abgeschlossen hatten, legte Victoria zügig das unbequeme Hochzeitskleid ab, dass ihr schon den ganzen Tag über die Bewegung eingeschränkt hatte.

Dabei bemerkte Frank etwas, das ihn denn doch überraschte. Er hatte eigentlich schon fest damit gerechnet gehabt, dass sie sich nach einem kurzen Gutenachtküsschen einfach schlafen legen würden. Doch unter dem verspielten Kleid kamen auf einmal eine grobmaschige weiße Netzstrumpfhose und weiße Satinreizwäsche mit Strapsen zum Vorschein, die Frank nicht anders als ein spezielles Geschenk an ihn und eine Einladung zugleich verstehen konnte. Besonders die Netzstrumpfhose war eine liebgewonnene Phantasie seinerseits, die Victoria zuvor jedoch immer als ordinär zurückgewiesen hatte.

Wenn Frank jedoch gehofft hatte, dass es nun gleich zur Sache gehen sollte, so sah er sich schnell getäuscht. Victoria ging zunächst zum Abschminken und Zähneputzen ins Badezimmer der Suite, während Frank es sich schon erwartungsfroh im Bett bequem gemacht hatte. Als sie schließlich doch mit zu ihm ins Bett kam, war ihr kalt und sie verschwand sofort unter der Bettdecke, so dass er von der mehr als appetitlichen Drapierung zumindest optisch nicht mehr viel hatte.

Frank hatte seine aufkeimende Frustration darüber heruntergeschluckt und versucht, Victoria durch Streicheln und immer wieder auch etwas fordernderes Fummeln zu erregen. Sie hatte ihn gewähren lassen, ihn dabei jedoch weder ermuntert noch war sie seinen Versuchen in irgend einer Weise aus eigener Motivation entgegengekommen. Auch das Reiben an der Vorderseite ihrer Scheide, wo Franks Erfahrung nach ihr G-Punkt liegen musste, hatte sie nicht richtig feucht werden lassen, so dass er schließlich zum Gleitmittel gegriffen hatte, um auf für sie beide schmerzfreie Weise in sie eindringen zu können. Auch dies hatte Victoria passiv und weitgehend lustlos über sich ergehen lassen. Sie hatte dabei keinerlei Zeichen von Vergnügen gezeigt und schon gleich gar nicht mitgefickt, ihren Angetrauten vielmehr bewusst oder unbewusst merken lassen, dass sie sich nur ihm zuliebe darauf einließ.

Als Frank schließlich merkte, dass ihm bei dieser begeisterungslosen und halb erzwungenen Fickerei sein Schwanz in Victorias Unterleib klein zu werden begann und sich nur durch Phantasien ganz vom Zusammenschrumpfen abhalten ließ, die mit einer liebevollen ehelichen Sexualität nun wirklich gar nichts mehr zu tun hatten, zog er ihn raus und legte sich schmusend neben sie. Ihre Frage, ob er denn nicht kommen wolle, überging er und seine Frau insistierte nicht auf einer Antwort. Kurz darauf bemerkte er an ihren gleichmäßigen, entspannten Atemzügen, dass sie eingeschlafen war.

Ja, natürlich hatte er kommen wollen, beantwortete er sich ihre Frage in Gedanken selbst, während er unbefriedigt und frustriert neben ihr lag und die Spannung in seinem Unterleib nur sehr langsam nachließ. Zugleich war er ein Idiot gewesen zu glauben, dass etwas, was auch sonst in ihrer Beziehung nie besonders gut funktioniert hatte, auf einmal in der besonderen Stresssituation im Zusammenhang mit der Hochzeitsfeier wie am Schnürchen hätte klappen sollen. Er war ja auch sonst nicht besonders erfolgreich damit, so etwas wie sexuelle Antizipation oder gar wollüstige Erregung in ihr zu induzieren. Oft wies sie explizit sexuelle Annäherungen dabei gleich initial ab, so dass er sich jedes Mal Hoffnungen machte, wenn sie ihn zumindest nicht sofort wegbiss. Aber oft genug war der Akt, wenn es überhaupt dazu kam, lustlos und mechanisch, was Frank seinerseits auf eine Weise abstieß, dass er solche Annäherungen schließlich immer seltener versuchte. Er fühlte sich, wenn er mit seinem Glied in ihren passiv empfangenden Körper stieß, wie ein Vergewaltiger, was ihm mit seiner Frau kein Vergnügen bereitete. Frank wollte, dass sie Sex mit ihm hatte, weil es ihr

Spaß machte, nicht aus Pflichtgefühl heraus. Dann sollte sie es lieber ganz lassen.

Er hatte sich oft gefragt, wie es sein konnte, dass sie einerseits eine so zärtlich liebevolle Beziehung verband, sie sich gleichsam emotional extrem nahe standen, speziell die Facette des Sexuellen bei ihnen aber so schlecht funktionierte und ihr sexuelles Begehren nahezu inkompatibel war. Sie schien mit seiner leicht entrückten Art Sex zu genießen nichts anfangen zu können; hatte ihm sogar einmal nur halb im Scherz vorgeworfen, beim Ficken vermutlich an seine Gerichtsakten zu denken. Er hatte dies bestritten, es zugleich aber tunlichst vermieden, ihr die sexuelle Langweiligkeit vorzuwerfen, die er, wenn er sich selbst gegenüber ehrlich war, an ihr wahrnahm.

Dennoch fragte er sich, warum es so hatte kommen müssen und an welcher Stelle ihre Beziehung in eine solch merkwürdige Richtung abgedriftet war. Als Victoria und Frank sich vor ein paar Jahren kennengelernt hatten, war er sexuell noch relativ unerfahren gewesen und hatte sich, wie die meisten Studenten, überwiegend durch Onanieren Erleichterung verschafft. Victoria hatte zu diesem Zeitpunkt bereits über etwas Erfahrung verfügt und ihm anfangs durchaus auch etwas beigebracht. Schritt für Schritt hatten Sie sich durch die verschiedenen Facetten, Fetische und technischen Spielarten des Sexuellen durchprobiert, waren dabei aber nie wirklich bei etwas angekommen, das als gemeinsamer Fetisch getaugt hätte. Parallel dazu hatte ihre emotionale Nähe zugenommen und ihr Vertrauen zueinander war gewachsen.

Frank hatte sich dadurch nur allzu gerne eingeredet, dass sie sexuell schon noch zueinander finden und sich ihre diesbezüglichen Probleme dadurch von selbst lösen würden. Schließlich waren sie auf die Idee gekommen, sich externe Anregung zu holen und ihre Beziehung nach außen zu öffnen. Franks Hoffnung dabei war es gewesen, dass Victoria so ein wenig Spaß am Sex um des Sexes willen entwickeln würde. Tatsächlich war bei ihr zu diesem Zeitpunkt vor allem eine alte Verliebtheit in einen Exfreund wieder neu aufgeflammt, die zu einer kurzen Affäre führte. Ein nennenswerter Einfluss auf die Qualität ihrer sexuellen Beziehung zu Frank war dadurch jedoch nicht zu verzeichnen gewesen und nach wenigen Wochen hatte sich Victorias Nebenbeziehung wieder gelöst.

Für Frank war die offene Beziehung eher ein hypothetisches Konstrukt gewesen und greifbare sexuelle Gelegenheiten hatten sich ihm nie geboten, was zum einen unzweifelhaft an seinem wenig zum Casanova taugenden Wesen liegen mochte, zum anderen auch daran, dass er seine Priorität weiter auf die Umwerbung von Victoria setzte. Obwohl wenig beziehungserfahren, war er doch subtil genug um zu erkennen, dass eine sexuelle Nebenbeziehung seinerseits die Qualität seiner Hauptbeziehung sicherlich nicht zum Positiven entwickelt hätte. Victoria mochte vielleicht kognitiv zu ihrer Vereinbarung einer beidseitig offenen Beziehung stehen, ob sie damit auch emotional kränkungsfrei zurechtkommen würde, bezweifelte er dagegen stark. Insofern ging Frank realistisch davon aus, dass ihre Beziehung de facto eher eine halboffene war. Er gönnte aber seiner Partnerin dennoch dieses Abenteuer in der Hoffnung, dass von der externen sexuellen Antizipation etwas in ihre eigene Beziehung zurückstrahlen möge.

In praxi kehrte nach Victorias kurzem amourösem Abenteuer jedoch zunächst eher noch mehr sexuelle Funkstille in ihre Beziehung ein. Seine Partnerin wies ihn immer häufiger ab oder machte alternativ dazu auf eine derart lustlose Weise für ihn die Beine breit, dass es ihn auch nur frustrierte und er daher von sich aus lieber wichste, als sie zum Geschlechtsverkehr zu animieren. Dabei war und blieb ihre emotionale Bindung stark wie immer und Victoria pflegte ihm zu sagen, wie sehr sie ihn brauche, während er sie in stressigen Studienphasen zärtlich in den Schlaf schmuste. Er musste es als Factum anerkennen und sie sagte es ihm auch ganz offen, dass er für sie als ihr Partner gleichsam die Rolle ihrer besten Freundin einnahm, was den Grad ihres Vertrauens anging. Im Bewusstsein einer deutlichen Ambivalenz reagierte Frank gleichermaßen mit Resignation und Stolz auf diese Rollenzuweisung, die ein kleiner aber fordernder Teil von ihm zugleich als Verurteilung empfand. Ändern konnte und wollte er zugleich daran nichts.

Ohne dass Frank einen Weg gefunden hätte, diese Entwicklung zu beenden oder gar umzukehren, erlosch die erotische Komponente seiner Beziehung mit Victoria bei schwacher bis fehlender sexueller Kompatibilität zwischen ihnen beiden immer mehr. Der antizipative Reiz, der initial noch durch die Zugkraft des Neuen und die damit verbundene Neugier schwach am Leben gehalten worden war, wurde zusehends schwächer. Frank war sich dabei schmerzlich bewusst, diese Facette der Bedürfnisse seiner Frau vermutlich nicht in der von ihr benötigten Weise bedienen zu können. Er bedauerte das Fehlen dieser sexuellen Antizipation sehr, während es Victoria seltsam unbeteiligt zu lassen schien. Sie fragte ihn offen, ob er die Fickerei denn wirklich über eine liebevolle Beziehung stellen wolle und natürlich sagte er ihr, dass er dies nicht wolle.

Frank hatte es immer als mit seinem Selbstbild inkompatibel erachtet, Frauen bloß als eine Art Lappen, an dem man seinen Schwanz abwischen konnte, zu betrachten. Kognitiv lehnte er einen solchen Sexismus ab und verachtete insgeheim jene Pärchen, die ein rein mechanistisches Ficken als Teil ihrer quasi-obligatorischen Selbstoptimierung praktizierten. Für ihn hatte dieser Ansatz eher etwas von Selbstausbeutung und die faktische Austauschbarkeit der Partnerinnen und Partner bei einer solchen nicht-antizipativen Vögelei langweilte ihn. Frank wollte, dass Victoria mit ihm Sex hatte, weil ihr Sex mit ihm Spaß machte, ihm fehlte jedoch bis dato die Kreativität, wie er dieses Eigeninteresse in ihr erwecken sollte. Dennoch tröstete ihn, dass sie als Paar ja noch ein langes Leben vor sich haben würden, um auch in sexueller Hinsicht zueinander zu finden.

Nicht eben vereinfacht wurde die Situation dadurch, dass Frank im Rahmen seiner staatsanwaltschaftlichen Tätigkeit in ein Provinzkaff versetzt worden war, während Victoria ihre Steuerberatungskanzlei weiterhin in der Großstadt betrieb und sie beide dort auch ihren Hauptwohnsitz hatten. Diese räumliche Trennung war in den Wochen vor der Hochzeit bereits oft genug Konfliktstoff gewesen und der junge Staatsanwalt hoffte inständig, dass sich dieser Konflikt nicht zu einem ernsthaften Problem ausweiten würde. Ihre ohnehin schon am Boden liegende Libido hatte die Situation zumindest unzweifelhaft nicht beflügelt, wobei der von Frank gerade erst erlebte lustlose und halb erzwungene Koitus in der Hochzeitsnacht nur einen weiteren Tiefpunkt darstellte.

Zugleich spürte Frank, dass Victoria, die friedlich in seinem Arm neben ihm schlief, bei ihm nicht unglücklich war, ganz im Gegenteil. Trotz seiner Verwirrung angesichts der in seiner Brust widerstreitenden Gefühle war dies eine Erkenntnis, die ihm Ruhe und Sicherheit bereitete und ihn schlussendlich doch neben seiner frisch angetrauten Gattin einschlafen ließ.

4. Der Ausbruch

„Ohne Dich kann ich nicht sein
Ohne Dich
Mit Dir bin ich auch allein
Ohne Dich“
Rammstein, **ohne Dich**

Donnerstag, 21. September 2017

Es war ein lauer Herbstabend, als sich Victoria Schüffner auf das von ihr geplante erste echte Date mit Ihrem Freund und Geschäftspartner Egbert von Ludevicz vorbereitete. Durch ihr weitgehend unentwickeltes Sexualleben mit Frank hatte sie sich seit ihrer kurzen Affäre mit ihrem ehemaligen Schulfreund während des Studiums schon lange nicht mehr so intensiv für ein Treffen mit einem Mann präpariert. Sie warf einen kritischen Blick auf die provozierende Reizwäsche an ihrem jungen, nicht weniger sexuell aufreizenden Körper, die in Kürze diskret unter seriöser Abendkleidung versteckt sein würde. Victoria war zufrieden mit dem, was sie sah und begann, sich weiter anzukleiden. Sie musste ein wenig die Zeit im Blick behalten, wenn sie zu dem geplanten Cocktailabend zu zweit mit Egbert nicht zu spät kommen wollte. Und zuvor gab es noch jene Aufgabe in Angriff zu nehmen, die sie heute wie auch die Tage zuvor unerledigt vor sich hergeschoben hatte.

Victoria blickte auf ihre dezente goldene Armbanduhr. In etwa um diese Zeit dürfte Frank in seiner dienstlichen Nebenwohnung eingetroffen sein, selbst wenn man großzügig Überstunden veranschlagte. Und Victoria, die sich auch selbst beruflich nicht schonte, sah darin eher eine Selbstverständlichkeit denn eine Ausnahme. Niemand, der nur den Feierabend im Blick hatte, würde aus ihrer Sicht je beruflich erfolgreich sein. Wobei man angesichts von Franks Versetzung in die tiefste Provinz natürlich trefflich darüber streiten mochte, ob seine bescheidenen Fortschritte nun ernsthaft als beruflicher Erfolg zu werten waren. Sicher, Frank war ein lieber Kerl, was Victoria sehr an ihm zu schätzen wusste. Zugleich war sie sich allerdings auch sehr wohl im Klaren darüber, dass Lieb-Sein kein Attribut darstellte, das einen im Berufsleben weiterbrachte, genauso wenig wie sein zuweilen an Pedanterie grenzender Perfektionismus.

Victoria fand es grundsätzlich gut, dass jeder von ihnen beruflich sein eigenes Refugium hatte. Eine tägliche Nähe sowohl privat als auch bei der Arbeit war vermutlich mehr, als für jede Art von Beziehung auf Dauer auszuhalten war. Dennoch hatte sie gefühlt fast der Schlag getroffen, als sie von Franks Versetzung gehört hatte. Der junge Staatsanwalt war dadurch völlig isoliert in einem Provinzkaff ohne nennenswerten intellektuellen Ausgleich und mit wenig Kontakt zu Familie und früheren Freunden, während er nur noch an den Wochenenden und für die Urlaube zu ihr nach Hause pendelte.

Das Leben, das Frank in der beruflichen Diaspora führen mochte, musste nicht nur privat von gähnender Langweile geprägt sein; vielmehr machte sich Victoria ernsthafte Sorgen um seine intellektuelle Entwicklung. Eine solche Deprivation konnte sich auf Dauer unmöglich vorteilhaft auf seine geistige Flexibilität auswirken und es langweilte sie, wenn Menschen in der Enge ihrer weltanschaulichen Beschränktheit gefangen waren und irgendwann nicht einmal mehr den Versuch der Mühe wert erachteten, sich von diesen Schranken zu befreien.

Einen weiteren Punkt, der sie an seiner Abwesenheit störte, gestand sich Victoria weniger gerne ein. Unter der Woche waren ihre Kontakte auf die abendlichen Telefonate beschränkt, was nicht eben die optimalste Verbindung war, um sich gegenseitig Nähe, Zuspruch und Trost zu spenden. Nicht nur Frank hatte einen harten Job, für Victoria galt dies nicht minder. Oft genug war sie mit der Arbeit unzufrieden und hätte es sich gewünscht, dass Frank dagewesen wäre, um sie in den Arm zu nehmen und ihr Halt zu geben. Sie wusste, dass es im Grunde unfair war, dass sie ihm oft mehr als nur implizit für diese Situation Vorwürfe machte, aber auch sie war nur ein Mensch und ihr Bedürfnis nach Nähe nicht fakultativ.

Egbert von Ludevicz mit seiner unaufgeregten und zugleich verbindlichen Art war ihr gerade in der Anfangsphase ihrer räumlichen Trennung von Frank wie ein Fels in der Brandung der Unwägbarkeiten des Alltags erschienen. Der ältere Geschäftspartner hatte ihr, bei Bedarf, in unaufdringlicher Art und Weise zur Seite gestanden, war abends mit ihr essen oder ins Kino gegangen, wenn sie nach einem langen Arbeitstag noch etwas Zerstreuung gesucht hatte. Zudem musste sie sich auch eingestehen, dass es ihr durchaus geschmeichelt hatte, wie er ihr dabei auf so dezente wie gleichsam unmissverständliche Weise den Hof gemacht und ihr das Gefühl gegeben hatte, als Frau begehrenswert zu sein.

Dabei war es vor allem der Stil und die Klasse ihres älteren und reicheren Freundes, sein verspielt gelassener Blick auf die vermeintlichen Probleme der Welt, die Victoria in Egberts Anwesenheit ein Gefühl von Leichtigkeit, Entspanntheit und realer Unbegrenztheit des Möglichen vermittelten. Er hatte jenes Savoir-vivre, das eine seit Generationen bestehende Oberschichtzugehörigkeit ausmachte und das sie an Frank, der, anders als sie, erst einen sozialen Aufstieg realisieren musste, trotz ihrer Bewunderung für seine Hartnäckigkeit zuweilen vermisste. Darüber hinaus war Egbert eine imposante Erscheinung, was ihn ebenfalls von ihrem leptosomen Ehegatten unterschied und ihm zusammen mit seiner aristokratischen Lebensart eine für Victoria nicht abzustreitende erotische Anziehung vermittelte. Ihr Geschäftsfreund erfüllte eine ganze Reihe jener Klischees, die einen vermeintlich echten Mann ausmachten, den man sich für erfüllenden Sex oder, wenn man sich mit solchen Ideen trug, auch zum Kinderkriegen ins Bett holte. Nicht, dass Victoria einen Sinn für Kinder gehabt hätte. Im Gegenteil, Kinderbekommen war für sie eine Horrorvorstellung, die sie mit dem Ende ihrer individuellen Freiheiten gleichsetzte. Aber für Frauen, die eine solche Torheit planten, wäre ein Mann wie Egbert gewiss auch ein Garant für eine zügige und erfolgreiche Schwangerschaft gewesen.

Wie ganz anders war im Vergleich ihr Mann Frank. Victoria liebte vieles an ihm, seine ruhige, stabilisierende Art, die sie immer gut und schnell neben ihm einschlafen ließ, vergleichbar einem starken Sedativum. Frank verkörperte für sie, was ihr an Vertrauen, Nähe und Zärtlichkeit in einer Partnerschaft wichtig war. Sie hatte ihm dies auch einmal gesagt mit der Absicht, ihm ein freundliches Kompliment zu machen und war über die enttäuschte Reaktion überrascht und sogar ein wenig verletzt gewesen, die damals deutlich an seinem Gesicht abzulesen war. Dabei konnte sie sich einen größeren Liebesbeweis kaum vorstellen; warum also hatte er dabei so enttäuscht gewirkt? Aber verstand einer die Männer. Victoria fand es noch immer schwierig, ihre Reaktionen zu prognostizieren.

Im Falle von Egbert war sich Victoria sicher, dass er eine ganz andere, schon fast erloschen geglaubte Facette in ihr zum Klingen bringen würde. In seiner ihm von ihr zugedachten Rolle als ihr zukünftiger Liebhaber würde er für Feuer, Würze und Anregung stehen, für geilen Sex und rauschende Orgasmen. Mit einem wohligen Kribbeln im Unterbauch erinnerte sich Victoria daran, mit welch spielerischer Gewalt Egbert sie kürzlich beim gemeinsamen Tanz an sich herangezogen hatte und dabei wie durch Zufall seine kräftige Hand unter ihr Hinterteil gerutscht war, ein Gleichnis seines Verlangens. Dass ihr Liebhaber auch deutlich größer und stärker war als ihr leptosomer Staatsanwalt, der wohl bei dem Versuch zusammengebrochen wäre, sie über die Schwelle zu tragen, machte den auf so erregende Weise primitiven Reiz des Begehrens nur um so verlockender.

Die einzige Vertraute, mit der sie solche Themen offen besprechen konnte, war ihre Gynäkologin, der sie ihrerseits die Steuererklärung vorbereitete und mit der sie ein zwar lockerer aber doch quasi-freundschaftlicher Kontakt verband. Die Frau war nur wenig älter als Victoria selbst und zeigte Verständnis für ihr Denken und Fühlen. Dennoch war Victoria zunächst überrascht gewesen, wie offen die Ärztin ihr dazu geraten hatte, ihrem Gefühl zu folgen und ihre Verliebtheit zu realisieren, statt es später zu bedauern, nicht auf das eigene Verlangen gehört zu haben. Selbstverständlich war Victoria klar, dass die Verantwortung für ihr Handeln und die daraus vielleicht erwachsenden Konsequenzen weiterhin allein bei ihr selbst lagen. Dennoch hatte es ihr gut getan, mit einem Menschen zu sprechen, der ohne eine moralinsaure Vorverurteilung einfach mal Verständnis gezeigt und sie sogar in ihrem Vorhaben weiter bestärkt hatte.

Victoria Schüffner, geborene Maurer, war einfach nicht der Typ Mensch, der später einmal etwas bedauern würde. Insofern zögerte sie nun auch nicht lange und wählte beherzt Franks Durchwahl.

Es dauerte nur knapp zwei Signale, bis sich ihr Mann gutgelaunt meldete: „Hallo Liebling, was gibt's denn?"

Victoria zögerte gerade lang genug, um zu unterstreichen, dass es um keines ihrer Alltagstelefonate gehen würde, bevor sie fragte: „Hast Du einen Moment Zeit?"

„Für Dich doch immer, mein Schatz", flötete es entspannt zurück.

Victoria fasste sich ein Herz und sagte: „Ich habe vor, heute Abend mit Egbert auszugehen."

Sie wusste, dass Frank Egbert flüchtig kannte und wusste, dass sie öfters abends gemeinsam weggingen und sich auch sonst gut verstanden. Sie schätzte auch das Vertrauen ihres Ehemanns, dass er ihr diese Zerstreuung neidlos gönnte und so überraschte es sie auch keinen Meter, als er leichthin entgegnete: „Das ist doch prima, dann wünsche ich Euch viel Spaß und einen unterhaltsamen Abend. Lenk Dich ein bisschen ab, dass Du den Kopf auch mal freibekommst von der Arbeit."

Victoria fragte sich kurz, ob es nicht vielleicht doch besser wäre, es dabei bewenden zu lassen, entschied sich dann aber doch dagegen und entgegnete: „Schatz, Du missverstehst mich. Ich habe vor, Egbert heute Abend zu daten."

Nun herrschte doch einen Moment lang Stille am anderen Ende der Leitung, bevor Frank mit leicht beklommen klingender Stimme entgegnete: „Okay, verstehe. Du willst also einen neuen Versuch starten, nachdem es im Studium nicht so gut geklappt hat. Na gut, warum nicht. Darum führen wir ja eine offene Ehe, damit jeder von uns die Möglichkeit hat, zu einer sich bietenden attraktiven sexuellen Gelegenheit bewusst und entschieden ja sagen zu können. Und wer weiß, vielleicht bringt es ja auch uns wieder ein paar Impulse für unser Eheleben. Egbert steht schon eine ganze Weile auf Dich, stimmt's?"

Victoria ließ ihn ausreden und noch ein paar weitere Augenblicke verstreichen, bevor sie, ohne auf seine Frage einzugehen, zurückfragte: „Du bist nicht böse, Schatz?"

Frank lachte am anderen Ende der Leitung, aber das Lachen klang leicht gequält und auch ein wenig unecht. Dennoch antwortete er mit so fester Stimme, wie er konnte: „Ach woher, Liebling. Ich weiß, doch, dass ich Dir voll und ganz vertrauen kann."

Nun war es an Victoria, ihm umgehend zu versichern: „Ja, das kannst Du, Schatz. Du wirst immer meine große Liebe bleiben. Aber ganz so einfach ist es diesmal nicht. Ich glaube schon, dass ich ein wenig in Egbert verliebt bin, schon eine ganze Weile. Ich weiß, dass es nicht vernünftig ist, zumal er auch verheiratet ist und bei sich zu Hause Kinder hat. Aber was soll ich tun? Das Gefühl ist nun einmal da und fragt nicht nach der Vernunft."

Sie hörte, wie Frank am Ende der Leitung scharf die Luft einsog: „Bitte sei vorsichtig, Liebling, ich möchte Dich nicht verlieren."

„Das wirst Du auch nicht", entgegnete Victoria eine Nuance zu schnell. „Nichts kann uns beide auseinander bringen. Es ist nur einfach so, dass ich zwei Menschen gleichzeitig lieben kann. Und war es nicht gerade der Sinn unseres Beziehungsmodells, uns dies zu ermöglichen?"

Frank schwieg einen Augenblick und Victoria konnte es sich vor ihrem geistigen Auge ausmalen, wie es hinter seiner Stirn arbeiten mochte. Schließlich fragte er einfach: „Weiß er schon von seinem Glück?"

„Ja, das weiß er", erwiderte sie schmunzelnd. „Egbert ist manchmal überraschend schüchtern, aber meine mittägliche SMS-Anfrage „Kino oder Cocktails?" kann er unmöglich fehlinterpretiert haben."

Wieder lachte Frank leise am anderen Ende der Leitung, bevor er entgegnete: „Ja, Deine erfrischend offene Art tut auch mir immer wieder gut. Mit der Verhütung ist alles klar? Deinen Spaß und von mir aus auch Dein Verliebtsein gönne ich Dir gerne, auf schreiende kleine Mini-Egberts habe ich aber ganz ehrlich keine Lust."

Victoria gab ein Kussgeräusch von sich und flötete in die Leitung: „Ach Liebling, Du kannst das immer so romantisch klingen lassen. Aber mach' Dir keine Sorgen, ich nehme meine Pille mit der üblichen Zuverlässigkeit und habe zudem Kondome gekauft. Ich habe doch auch nicht vor, unser Leben und unsere Freiheit wegzuwerfen."

Sie glaubte an der sich geringgradig ändernden Atemfrequenz in der Leitung zu erkennen, dass ihn diese Aussage beruhigte. Ein Kuckuckskind untergeschoben zu bekommen war wohl eine Urangst der Männer. Zugleich sollte Frank sie doch eigentlich gut genug kennen um zu wissen, dass auch ihr nichts an Kindern lag, an ihrer Freiheit dagegen sehr wohl.

Nachdem Frank nun in der Leitung schwieg, fragte sie ein weiteres Mal: „Und es ist wirklich für Dich okay, Schatz? Ich kann den Abend auch nach 1 bis 2 Cocktails beschließen, wenn Du denkst, dass wir doch erst noch einmal über alles reden sollten?"

Mit noch immer leicht belegter Stimme entgegnete Frank: „Würde dies an Deiner Verliebtheit in Egbert denn irgendetwas ändern?"

„Nein, das würde es sicher nicht", entgegnete Victoria ehrlich. „Aber ich möchte nicht, dass Du Dich unwohl dabei fühlst. Wenn Du zu Hause erst noch einmal in Ruhe reden möchtest, macht eine weitere Woche sicherlich auch keinen Unterschied mehr."

Mit der ihm eigenen logischen Schlüssigkeit erwiderte nun Frank: „Dann macht es auch keinen Sinn länger zu warten. Ich wünsche Euch viel Spaß, aber bitte pass auf Dich auf! Und bitte pass auch auf uns auf!"

„Du bist ein Schatz", flötete sie ins Telefon. „Und mach Dir bitte keine Gedanken um uns, nichts kann uns trennen, auch keine Verliebtheit." Mit einem letzten Küsschen ins Telefon, das Frank von der Gegenseite erwiderte, beendete Victoria den Anruf auf ihrem Mobiltelefon.

Dabei war ihr dennoch klar, dass die Sache mit diesem Telefonanruf nicht ausgestanden war. Im Gegenteil, was auch immer sich aus dem heutigen Abend entwickeln würde, war gerade erst dabei zu beginnen und würde ganz sicher auch noch zu weiteren Diskussionen führen. Aber dennoch war sie fest entschlossen, den Rat ihrer Gynäkologin zu befolgen und sich von dem einmal begonnenen Weg nicht abbringen zu lassen.

Victoria wollte nicht, dass Frank traurig war. Wenn sie sagte, dass er der wichtigste Mensch in ihrem Leben sei, so war dies weder gelogen noch übertrieben. Dies hieß aber umgekehrt natürlich nicht, dass er der einzig wichtige Mensch ihrem Leben war. Daran würde er sich gewöhnen müssen, denn sie hatte nicht vor, auf ihr Leben zu verzichten. Für niemanden, auch nicht für ihn.

Victoria erinnert sich noch lebhaft daran, wie sie geweint hatte, als Frank in seine dienstliche Nebenwohnung wegzog. Sie hatte ihm diese Schwäche nicht offenbart, sondern Stärke geheuchelt und ihn beim Einstieg im neuen beruflichen Umfeld so gut sie konnte unterstützt. Sie hatte ihm gerne geholfen und war auch kein Mensch, der Unterstützung und Hilfe gegeneinander aufrechnete. Jedoch bestand das Leben nicht nur daraus, Dinge für andere zu tun. Jetzt war es vielmehr an der Zeit, auch mal etwas für sich zu tun. Und heute Abend würde sie damit beginnen.

5. Die Perspektivlosigkeit

„Feuer und Wasser kommt nicht zusammen,
kann man nicht binden, sind nicht verwandt."
Rammstein, **Feuer und Wasser**

Mittwoch, 22. November 2017

Ein schrilles, blechern klingendes Geräusch zerriss die lichtlose Schwärze, als sich für Frank Schüffner aus einem diffusen Dämmerzustand langsam wieder so etwas wie Realität zu formen begann. Das blecherne Schrillen kam von einem Ort, an dem rot glühende Ziffern die Finsternis durchschnitten. Frank benötigte einen quälenden Augenblick, um zu realisieren, dass es sich um die Leuchtanzeige seines Weckers handelte, der ihm anzeigte, dass es um 5 Uhr morgens war. Warum nur hatte er den Wecker auf eine so unchristliche Uhrzeit gestellt? Es war doch noch viel zu früh um aufzustehen. Und wieso fiel es ihm generell so schwer, an diesem Morgen aus Morpheus Armen in die gewohnte Realität zurückzufinden?

Nachdem es ihm gelungen war, noch immer mit einem tauben, seltsam distanzierten Gefühl, das quälende Geräusch des Weckers abzustellen und den Lichtschalter auf dem Nachtschrank neben dem Bett seiner Dienstwohnung anzuknipsen, streifte sein Blick das leere Wasserglas und die daneben liegenden Medikamentenschachteln. Dabei kreiste hinter seiner Stirn ein diffuses Nichts, wo die Erinnerungen an den vergangenen Abend hätten sein sollen. Er erinnerte sich jedoch wieder, wie er sich die Substanzen beschafft, was er damit vorgehabt und offenbar auch in die Tat umgesetzt hatte.

Es handelte sich bei den Tabletten um das Übelkeit unterdrückende Antiemetikum Metoclopramid und, was für ihn deutlich schwerer aber eben doch nicht unmöglich zu beschaffen gewesen war, das Betäubungsmittel Midazolam, das zweifellos auch seinen Kurzzeitgedächtnisverlust verursacht hatte. Die beiden Substanzen bildeten die ersten zwei Komponenten des tödlichen M-Tripels, das neben den beiden nichttödlichen Anteilen zur Finalisierung der Selbsttötung noch Morphium beinhalten würde.

Frank wusste, dass diese Dreierkombination in der wehrmedizinischen Palliativmedizin für schwarz-triagierte, also hoffnungslose Fälle nach kriegsassoziierter Verwundung auf dem Schlachtfeld eine Rolle spielte. Das Antiemetikum Metoclopramid würde den Sterbenden den quälenden Brechreiz nehmen, das Midazolam Erinnerung und Angst, wodurch ein wohliger Dämmerzustand erreicht würde, und das Morphium schließlich Schmerzen und Atemanreiz, um den leidensfreien Übergang vom Leben zum Tod zu befördern. Damit würde die Medizin auch auf diesem letzten Weg ihrer vornehmsten Funktion, nämlich Leiden zu mindern, selbst unter den sehr einfachen Bedingungen der Kriegsmedizin nachkommen können. Die Morphiumkomponente fehlte auf dem Schreibtisch. Frank Schüffner hatte sich dieses Mal nicht umbringen wollen, noch nicht. Bei dem Selbstversuch am gestrigen Abend hatte es darum gehen sollen, die kombiniert antiemetische und sedierende Wirkung der nichttödlichen Komponenten auszuprobieren, um sicherzugehen, dass die Kombination auch bei realer Selbsttötungsabsicht die erhoffte sanfte Wirkung entfalten würde. Soweit Frank es trotz der mnestischen Wirkung des Midazolams, die ihm sein Kurzzeitgedächtnis genommen hatte, beurteilen konnte, war es ein respektabler Erfolg gewesen.

In den fragmentierten Erinnerungsfetzen vom Vorabend, im Anschluss an die alles zu einem diffusen Grau der Inkohärenz verschwamm, fand er auch den Hinweis auf die frühe Weckzeit. Er hatte sich ein Zeitfenster zwischen der vorgesehenen Wiedererweckung nach der Midazolamsedierung und dem unvermeidlichen Arbeitsbeginn in der Staatsanwaltschaft vorgesehen, das er nutzen wollte, um eine eventuelle Verkaterung nach der Einnahme der ihm unbekannten Drogen zu überwinden. Wie genau er dies anstellen sollte, war Frank zu dem Zeitpunkt unklar, aber auch ein Stück weit gleichgültig gewesen. Sein Selbsthass hatte gereicht, um sich die Substanzen in jedem Fall zu verabfolgen.

Ohne zu bemerken, dass dies in einem noch restsedierten Zustand im Grund eine ziemlich dumme Idee war, tat Frank das, was er immer zu tun pflegte, wenn er den Kopf zum Nachdenken freibekommen wollte. Nach einer selbst für seine Verhältnisse ungewöhnlich langen Suche nach den eigenen Hausschuhen vor dem Bett, ging er mit initial noch etwas schwankenden Schritten ins Badezimmer seiner Nebenwohnung und ließ sich eine warme Badewanne ein. Erst, als das Badewasser langsam höher stieg und sich wieder eine wohlige Schwere in ihm auszubreiten begann, erkannte der junge Staatsanwalt das Risiko, das ein Einschlafen in der Badewanne in seinem Zustand in sich bergen mochte. Alarmiert reduzierte er ein wenig die Temperatur, so dass das ihn umgebende Wasser noch immer entspannend, zugleich aber nicht mehr einschläfernd auf ihn wirkte. Dabei merkte er, wie sich seine Gedanken langsam klärten, die fehlende Erinnerung an die Details des Vorabends sich aber dennoch beharrlich weigerte zurückzukehren.

Mit der Rückkehr seines präzise analytischen Denkens war ihm auch wieder klar, was die Gründe der vorabendlichen Vorübung für einen Suizid mit den drei M's Metoclopramid, Midazolam und Morphium gewesen waren. So intensiv der Schmerz nicht-eingestandener Eifersucht auch zeitweise gewesen sein mochte, so war er doch nicht die Ursache, weshalb Frank das Leben so bedeutungslos erschienen war, dass daraus zu scheiden er ernsthaft in Erwägung gezogen hatte. Schmerzen kamen und gingen und so intensiv sie auch sein mochten, man konnte sie bekämpfen.

Woraus ihm kein Ausweg einfiel, war die Perspektivlosigkeit. Frank hatte in der Beziehung zu Victoria stets mehr sehen wollen, als da war und gehofft, er könne dies auch erreichen, wenn er sich nur genügend Mühe gab. Die Wahrheit, dass Nichtvorhandenes auch nicht durch noch so großen Aufwand zum Vorhandensein gebracht werden konnte, hatte er nicht wahrhaben wollen, als er seine Frau dadurch psychisch vergewaltigte, dass er seine Ideale einer symbiotischen Liebe auf sie zu übertragen versucht hatte. Sie hatte sich gegen diese Art der besitzergreifenden Einflussnahme natürlich auf ihre Weise zur Wehr gesetzt, an seinen Wünschen hatte diese jedoch, im Grunde ebenso natürlich, nichts zu ändern vermocht. Ein Teil Victorias sehnte sich wohl ebenfalls nach dieser absoluten Nähe, während ein anderer Teil von ihr sich instinktiv vor dem damit verbundenen Risiko der äußeren Inbesitznahme schützte. Dass jeder Akt der Besitzergreifung an einem denkenden menschlichen Wesen nichts anderes als ein Unrecht sein konnte, mochte eine Binsenweisheit sein, der man intellektuell oder philosophisch zustimmen konnte. Auf egoistisch emotionale Weise war dieser Reiz nichtsdestotrotz verlockend.

Ausgehend von diesem Ideal einer symbiotischen Liebe, einer verschmelzungsgleichen Nähe auf allen Beziehungsebenen, stellte für Frank die Aussichtslosigkeit, zumindest einer bestimmten Facette seiner Frau je nahe kommen zu können, eine durch nichts zu kompensierende Kränkung dar. Dass es ausgerechnet die sexuelle war, die er in seiner persönlichen Wertsetzung einerseits entwertete und dabei zugleich überhöhte, machte es für ihn umso bitterer, weil diese Facette Lust und Entspannung gleichermaßen versprach. Aber dies tat sie nicht für ihn.

Zugleich spürte Frank, dass es auch nichts helfen würde, sich zu trennen und sein Glück mit einer anderen Partnerin, so er denn überhaupt noch einmal eine vergleichbar interessante Frau wie Victoria finden sollte, zu versuchen. Man mochte es Eitelkeit nennen oder nicht, er hatte Besonderes gewollt und zugleich gewusst, dass es für ihn dafür nur einen einzigen Versuch geben würde. Diesen Versuch hatte er in den Sand gesetzt, wie er nun erkennen musste, vermutlich dabei auch nie eine wirklich realistische Erfolgsaussicht gehabt. Alles, was nun im Anschluss noch kommen würde, wären mehr oder minder farblose Kopien jenes einen gescheiterten Versuchs, wobei Frank auch ernsthaft daran zweifelte, noch einmal die Motivation aufzubringen, jenen enormen emotionalen Aufwand zu betreiben, den er in dem Versuch aufgewandt hatte, Victoria derartig nahe zu sein. Bei allen schönen Erlebnissen, die unzweifelhaft damit verbunden waren, war das an die Substanz gegangen und was ihm an Idealismus noch verblieb, würde für einen zweiten, wirklich ernstgemeinten Versuch wahrscheinlich schon nicht mehr ausreichen. Die Zeit ließ sich nie zurückdrehen, ebenso wenig, wie sich einmal gemachte Erfahrungen wieder ungeschehen machen ließen.

Es hatte auch wenig geholfen, dass Frank in letzter Zeit zunehmend zu seiner üblichen Strategie, wenn es gefühlsmäßig schwierig wurde, zurückgekehrt war und sich in seiner Arbeit vergraben hatte. Alltag und Beruf waren brauchbare Ablenkungen, wenn es darum ging, unangenehme Wahrheiten nicht sehen zu müssen. Die galt jedoch nur, solange sie ein überschwelliges Maß an Interessantheit und Anregung mit sich brachten. Wenn dagegen die Spannung nachließ, kehrten die Gedanken nur allzu gerne zu den vermeintlich oder real wichtigeren Themen zurück. Das ließ sich gar nicht vermeiden.

Was Frank massiv belastete und was dabei deutlich über das vereinbarte außereheliche Abenteuer hinausging, war die zunehmende Verliebtheit seiner Gattin, die sie für diesen Egbert von Ludevicz empfand. Schlimmer noch, konnte doch von Verliebtheit schon kaum noch die Rede sein, vielmehr war Victoria drauf und dran, eine zeitgleich bestehende, auf echter Liebe zu ihrem Liebhaber beruhende Parallelbeziehung aufzubauen. Als sie es ihm gesagt hatte, hatte es ihm initial fast den Boden unter den Füßen weggezogen.

Er hatte gleich die Befürchtung gehegt, Victoria sage ihm dies nur, um ihn so vorsichtig darauf vorzubereiten, dass sie ihn verlassen und zukünftig mit ihrem, gleichwohl selbst verheirateten,

Egbert zusammenleben wolle. Aber dies war nicht der Fall gewesen. Genauso wenig, wie sie ohne ihren Liebhaber sein wollte, wollte sie auch ohne ihren Mann sein.

Nachdem Frank dies initial nicht verstehen konnte oder wollte, hatte es eine hässliche Szene zwischen ihnen gegeben, die er gerne vergessen hätte, dies aber es natürlich nicht konnte. Rückblickend war er auch tatsächlich bereit zuzugestehen, dass er sich kleinlich aufgeführt hatte, dennoch hatte ihm Victorias Replik, dies sei nicht mehr der Mann, in den sie sich verliebt habe, bitter weh getan. Und zugleich hatte er gespürt, dass ihrer Ankündigung, sie beide zu verlassen, falls er sie wirklich zwingen sollte sich zwischen Egbert und ihm zu entscheiden, eine entschlossene Endgültigkeit zugrunde lag. Auf ihre Frage, ob sie es nicht wenigstens zu dritt versuchen wollten und ob seine Eifersucht die Zerschlagung all des Vertrauens, das sie sich gemeinsam aufgebaut hatten, denn wirklich wert sei, hatte er schließlich keine Antwort mehr gefunden. Er hatte ihr lediglich gesagt, dass er sie nicht verlieren wolle und damit hatten sie es bewenden lassen. Der Konflikt war dadurch zwar keineswegs gelöst, sehr wohl aber eingefroren. Victoria behielt ihre beiden Männer und Frank gewann die Einsicht, dass die sexuelle Facette, die ihrer Zweierbeziehung aus seiner Sicht als einzige fehlte, nun von Victoria externalisiert worden war. Sicher hatte seine Frau mit der impliziten Frage an ihn recht, dass auch ihre Beziehung minus diese eine Facette es wert war bewahrt und gepflegt zu werden. Trotzdem wäre es eine Lüge gewesen, sich selbst nicht einzugestehen, dass die Abwesenheit jener Facette ihn schmerzte. Im Gegenteil, sie schmerzte ihn sogar so sehr und nahm ihm in einer Weise den Glauben an eine bessere Zukunft, dass er sich angesichts dieser erstarrten Perspektivlosigkeit einer Beziehung, die er gleichzeitig wie eine Droge brauchte und der er daher weder entkommen konnte noch wollte, auf dem Schwarzmarkt einen tödlichen Drogencocktail beschafft hatte.

Zu dem Zeitpunkt, als Frank diese Gedanken hatte, war er sich bereits sicher, dass er das tödliche Gift nicht einnehmen würde. Es gab für jede Entscheidung einen richtigen Augenblick, selbst für solche endgültigen, und in seinem Fall war dieser Augenblick bereits ungenutzt verstrichen. Zugleich war er sich jedoch ebenso sicher, dass es, wenn ihm am Vorabend nicht das letzte Quäntchen Mut gefehlt hätte, nach der Tabletteneinnahme auch noch das Morphium zu injizieren, aus der Logik des Augenblicks heraus kein

Fehler gewesen wäre. Dass es heute die falsche Entscheidung wäre sich umzubringen, hieß keineswegs notwendigerweise, dass die gleiche Entscheidung auch gestern hätte falsch sein müssen. Außerdem war sein Konflikt ganz real keineswegs gelöst. Er rechtfertigte, während das Badewasser sanft seinen Körper massierte und die Lebensgeister zurückrief, bloß den finalen Schritt des Ablebens nicht mehr, den man ja zudem auch bei Bedarf jederzeit noch wiederholen konnte.

Einen Moment lang fragte sich Frank, ob die die Entscheidung für die offene Ehe wirklich klug gewesen war. Er erinnerte sich an die altgriechische Göttersage vom homerischen Gelächter, das allzu große Wissbegier schon dem Göttersohn Hephaistos eingebracht hatte, als er seine Ehefrau Aphrodite beim Fremdgehen mit dem Kriegsgott Ares im ehelichen Bett mit einem Netz fixierte und noch nicht einmal auf die Torheit verzichtete, das so erschlichene Bild der sexuellen Untreue seiner Gattin auch mit den übrigen Göttern des Olymps zu teilen. Aus Franks Sicht verbarg sich neben der offenkundigen Moral über die Albernheit eifersüchtigen Verhaltens in der alten Sage noch eine zweite, weniger offenkundige Erkenntnis. Durch sein wahnhaftes Bedürfnis nach Öffentlichkeit seines Privatlebens hatte er seiner Frau Aphrodite gleichsam jede Notwendigkeit genommen, aus Rücksicht auf ihn zumindest den äußeren Schein zu wahren und bei ihren außerehelichen Affären Diskretion an den Tag zu legen. Indem er seiner Gattin durch sein Verhalten dagegen selbst diese Obligation genommen hatte, blieb Hephaistos nicht mehr bloß der vielleicht gelegentlich hintergangene, dafür jedoch im Grunde partizipierende Ehemann, sondern der Idiot, der sich komplett ins Abseits manövriert hatte und ob dieser Dummheit verdient von den Göttern Gelächter statt Unterstützung erfuhr.

Anders als bei Hephaistos, Ares und Aphrodite, blieb die Ménage-à-trois mit Victoria und Egbert ein Teil von Franks Privatleben, von dem die Öffentlichkeit nichts ahnte. Dennoch kam er nicht umhin sich zu fragen, ob die fehlende Notwendigkeit auch zur Geheimhaltung ihm gegenüber nicht jenen letzten Kick gekostet haben könnte, der vielleicht auch zur Belebung seiner eigenen ehelichen Sexualität mit Victoria beigetragen hätte. Aber er hatte ja, Hephaistos gleich, nicht widerstehen können und in Form des Konstrukts der offenen Beziehung allegorisch das Fangnetz über dem ehelichen Bette aufgebaut, um über die libertären Abenteuer seiner Frau stets im Bilde zu sein. Nun brauchte er sich dafür auch nicht zu wundern, wenn der erhoffte erotisierende Effekt ausgeblieben war, während Egbert und Victoria es nicht einmal mehr nötig hatten, sich ihm gegenüber diskret zu verhalten, sondern ihn im Gegenteil sogar ungeniert als Alibi nach außen dem Rest ihrer privaten Kontakte gegenüber gebrauchten. Frank dagegen blieb die sexuelle Beziehungsfacette, nach der er sich sehnte, weiterhin verwehrt.

Und doch sah Frank die Situation nach der gefühlten Regeneration in seiner Badewanne nicht mehr auf eine solch lebensbedrohliche Weise pessimistisch wie am Vorabend. Ohne, dass es noch besonderer kognitiver Anstrengung in dysfunktional kreisenden Assoziationen bedurft hätte, formte sich hinter seiner Stirn eine noch vage, von Minute zu Minute jedoch immer konkreter werdende Idee. Im Grunde war die Lösung doch auf solch erfrischende Weise trivial, dass ihm der noch am Vortag bestehende Todeswunsch auf einmal wie ein ferner und gleichsam absurder Traum erschien. Wenn sich bestimmte Facetten des Lebens oder präziser noch der Lust nicht mit Victoria gemeinsam realisieren ließen, dann gelang dies vielleicht erfolgreicher ohne sie. Weiterhin verwehrt bleiben würde ihm auf diese Weise die initial erhoffte Symbiose, keine Frage, dies galt aber nicht notwendigerweise auch für die ja ebenfalls erstrebenswerte Lust.

Ein Problem bei seinem Vorhaben würde sein, dass realistischerweise seine offene Ehe eigentlich eher eine halboffene war und er sich sicher sein konnte, dass Victoria schlecht damit zurechtkommen würde, wenn er sich vor ihren Augen in amouröse Abenteuer stürzte und diese noch zusätzlich ihre ohnehin knappe gemeinsame Zeit weiter schmälern würden. Ein libertäres Sexualleben und sein eheliches Leben waren einfach nicht gemeinsam unter einen Hut zu bekommen. Dafür würde er nicht die Lebenszeit eines einzigen Lebens benötigen sondern die von zweien.

Aber genau dies, so erkannte er in aller Klarheit, konnte ja durchaus die Lösung sein. Wenn er nicht ein Leben benötigte sondern ihrer zwei, so gab es doch bereits andere, die dafür einen Weg gefunden hatten und der nannte sich Doppelleben. Frank würde die Facette seines Selbst, mit dem Victoria so schlecht umgehen konnte, vor ihr verbergen müssen und anders als der eifersüchtige Hephaistos würde sie, selbst mit ihrem Liebhaber beschäftigt, vermutlich auch nicht allzu neugierig nachfassen. Frank hatte es gerade selbst erlebt, wie schmerzhaft es sein konnte, wenn man Dinge erfuhr, mit denen man schlecht zurechtkam. Dieses Gefühl würde er sich und Victoria durch ein Doppelleben ersparen und den ganzen Organisationsaufwand vom wasserdichten Alibi über die absolute Diskretion hin zur Vermeidung jeder Art verräterischer Spuren ganz alleine auf seine Schultern nehmen. Die Sittenwächter der Gesellschaft mochten diesen Schritt als Verrat und Untreue geißeln, aber Frank war anderer Meinung. Er sah in dem erheblichen Aufwand des Doppellebens vielmehr ein Zeichen des Respekts seiner Partnerin gegenüber, indem er die Facetten seiner Persönlichkeit, mit denen sie nichts anzufangen wusste, sorgsam vor ihr abschirmte und zugleich versuchte ihr Kummer zu ersparen, indem sie nicht zur Kenntnis nehmen musste, was ihr Kummer bereiten würde. Was er auf der anderen Seite des Doppellebens tat, sollte für sein eheliches Leben folgenlos und sauber von diesem abgetrennt bleiben. Denn was auf jener anderen Seite geschah, dass würde er aus seiner Sicht nicht gegen Victoria tun. Im Gegenteil, das tat er nur für sich.

Wahrheit war ihm in seiner bisherigen Beziehung immer sehr wichtig gewesen, aber nun hatte er erlebt, wie viel Schmerz zu viel Aufrichtigkeit mit sich bringen konnte. Im Falle eines Konflikts zwischen Wahrheit und Würde, da war er sicher, würde die Wahrheit halt im Zweifel zurückstehen müssen. Gleichzeitig musste der Schein so wahrheitsnah sein, dass er, wenn man nicht zu tief nachbohrte, als Wahrheit durchgehen konnte. Dies glaubte er Victoria schuldig zu sein.

Mit diesem Gedanken blickte Frank Schüffner auf seine wasserdichte Armbanduhr, die er auch in der Badewanne am Körper tragen konnte und sah, dass es Zeit wurde sich für die Arbeit vorzubereiten. Anders als am Vortag sah er nun für sich jedoch auch wieder einen Hauch von Perspektive.

6. Flirt mit der Halbwelt

„Wo die schwarze Seele wohnt, ist kein Licht am Horizont.
Ahoi.“
Rammstein, **Reise, Reise**

Dienstag, 30. Januar 2018

Es war spät geworden, als Frank die Tür seiner dienstlichen Nebenwohnung aufschloss. Achtlos streifte er seinen Mantel ab und startete sein Notebook, um sich mit dem Internet zu verbinden und den Chatbereich auf seiner Casual-Dating-Plattform abzurufen. Wie fast immer war das Ergebnis ernüchternd, es hatten sich nur die üblichen Fakes auf seine Annoncen gemeldet, die anderen fühlten sich offenbar von seinem Diskretionsbedarf eher abgestoßen. Es gab derzeit einfach zu viele im Netz, die gedankenlos bereit waren, ihre intimsten Daten offen preiszugeben. Da musste sich kaum jemand die Mühe machen, auf den speziellen Bedarf von jemandem wie Frank einzugehen, der seinem Doppelleben entsprechend dieses Privileg der informationellen Freizügigkeit nicht genoss.

Resigniert blickte Frank auf die deprimierend spärliche Korrespondenz in seinem Chat-Postfach. Er machte sich keine Illusionen wie erbärmlich es im Grunde war, hinter Victorias Rücken über anonyme Plattformen und letztlich unter weitgehender Gleichgültigkeit der tatsächlichen Qualität, beliebige sexuelle Erlebnisse herbeiführen zu wollen. Andererseits war ihm in nüchternem Realismus klar, dass sich für Menschen wie ihn keine zufälligen Gelegenheiten ergaben und dass er anderweitig ganz einfach nichts auf die Reihe kriegen würde. Seine Mitmenschen empfanden ihn als einen netten Kerl und *nett* war nun einmal der kleine Bruder von *scheiße*. Es mochte ja sein, dass es Menschen gab, die einfach auf glückliche Zufälle hoffen konnten und dabei auch real erlebten, dass diese sich hin und wieder ergaben. Frank dagegen machte sich keine Illusionen, dass dies auch bei ihm der Fall sein könnte. Wenn er nicht aktiv suchte, gleichsam versuchte, Gelegenheiten zu schaffen, rechnete er sich beste Chancen aus durchs Leben zu gehen, ohne von sexuellem Interesse seiner Mitmenschen auch nur in Ansätzen behelligt zu werden.

So hatte er zögerlich angefangen, sich sexuelles Erleben diskret im käuflichen Umfeld zu suchen. Dabei hatte er Dienstreisen in umliegende Großstädte, deren dienstliche Gründe teils etwas an den Haaren herbeigezogen waren, genutzt, um in der Anonymität der dortigen Laufhäuser in freien Minuten ein wenig Erfahrung zu sammeln. Dabei war ihm schnell offenbar geworden, dass diese Form der käuflichen Lust in Abhängigkeit von der Preisklasse durchaus geeignet war, ästhetische Bedürfnisse zu befriedigen. Für seinen Bedarf war dies jedoch nur eingeschränkt zielführend und somit über den jeweiligen Orgasmus hinaus nicht dauerhaft befriedigend, da eine auf die reine Körperlichkeit reduzierte, mechanische Fickerei, bei allem ästhetischen Reiz, für ihn doch zu stark das antizipative Element von Sex mit einer Roboterpuppe implizierte. Frank hielt es durchaus für möglich, dass es unbedarfte Naturen geben mochte, denen der Unterschied nichts ausmachte oder die schlecht gespielte Antizipation als echte nahmen. Ihm gelang es jedoch meist nicht, das Artifizielle aus solchen Situationen auszublenden. Tatsache war, dass es ihm nur sekundär um den Orgasmus ging. Den konnte er sich mit geringem Aufwand auch selbst bereiten und einer der Vorzüge der Digitalisierung bestand darin, dass Pornographie im Internet praktisch ubiquitär verfügbar war. Was Frank suchte, war differenzierter und somit schwerer zu realisieren. Ihm ging es um einen Ersatz für das sexuelle Begehren, das er bei Victoria nicht fand. Dabei verlangte er noch nicht einmal authentisches Begehren seine eigene Person betreffend. Diesbezüglich war er sich selbst gegenüber ehrlich und realistisch genug, um sich keinen übermäßigen Sexappeal einzubilden. Antizipation im Sinne von echtem Interesse, idealerweise sogar realer Lust an der situativen sexuellen Interaktion hätte ihm vollkommen ausgereicht. Aber selbst diese Lust an der Lust als solcher war im kommerziellen Geschäft der käuflichen Sexualität im Normalfall für Geld nicht zu bekommen und die Kontakte blieben entsprechend von einer für ihn bedrückenden Oberflächlichkeit. Das Ideal eines hochdifferenzierten antiken Musen- und Hetärenwesens und die primitive Realität in deutschen Bordellen trennten nicht nur die Jahrhunderte, es lagen buchstäblich Welten dazwischen. Doch auch hier war Frank sich nicht so sicher, ob die Geschichtsbücher nicht einfach ein Bild gezeichnet hatten, dass es historisch so nie gegeben hatte. Vielleicht war die Diskrepanz zwischen vorstellbarem Ideal und erlebter Wirklichkeit schon immer weltenweit die gleiche gewesen.

So hatte Frank auf seine ersten kommerziellen Versuche mit depressiver Enttäuschung reagiert, realisierte er doch sehr klar den subtilen Unterschied zwischen gefickt werden und gefickt werden wollen. Dabei versuchte er, seine Frustration mit Sport zu kompensieren, mit dem er sich an die bei ihm gleichwohl nicht sehr hoch angesiedelte Belastungsgrenze heranführte. Doch auch dies brachte ihm keine dauerhafte Ablenkung und erst recht keine Lösung für den inneren Konflikt, sich seinem Ziel nicht einmal einen Millimeter nähern zu können.

Dabei vermutete Frank, dass es grundsätzlich durchaus möglich sein mochte, seinem Ziel eines polymorphen, bunten sexuellen Ausgleichs näher zu kommen, wenn es ihm denn möglich gewesen wäre, sich in die dazu nötigen Milieus zu begeben. Genau dies verbot sich jedoch aufgrund des Problems seiner nur halboffenen Beziehung, in der Victoria solche dann potenziell wenig diskreten Exzesse kaum toleriert hätte; seine Dienststelle mutmaßlich ebenfalls nicht. Die besondere Schwierigkeit seiner Situation bestand ja eben darin, dass er auf Geheimhaltung nötig angewiesen war. Dies galt umso mehr für die kommerzielle Facette des Sexuellen, auf die erstens die Gesellschaft und zweitens seine Frau, da war er sich sicher, mit einer profunden Bigotterie reagieren würden.

Frank selbst hatte zum Erfahrungensammeln keine Berührungsängste mit der kommerziellen Sexarbeit. Versuchsweise inserierte er sogar als Hausbesuche anbietender Stricher in der mit dem Auto noch halbwegs gut erreichbaren Nachbarregion, die gleichsam außerhalb seiner Zuständigkeit als Staatsanwalt lag. Auch mit diesem Ansatz bestand bereits eine erhebliche Gefahr für seine Reputation, aber man musste ja nicht auch noch mehr als nötig mit dem Feuer spielen. Selbst mit allen Sicherheitsvorkehrungen blieb dieses Geschäft gefährlich genug. Ein Hausbesuch hatte sich einmal als Falle herausgestellt, wobei er anstelle einer sexuellen Erfahrung bedroht, ausgeraubt und zusammengeschlagen wurde. Darauf hätte er erstens gerne verzichten können, zweitens hatte es ihn einen erheblichen Aufwand gekostet, im Nachhinein alles zu vertuschen.

Tatsächlich hatte es auch ganz vereinzelt echte Kundinnen und mehr noch Kunden gegeben, allesamt sexuell wenig ansprechend, so dass es ihm trotz seines noch jungen Alters überhaupt nur mit auf dem Schwarzmarkt beschafftem Sildenafil/Viagra zur Potenzsteigerung gelungen war, den an ihn gestellten sexuellen Ansprüchen gerecht zu werden. Da es ihm um die Erfahrung ging und nicht um die Bereicherung, war das Taschengeld, das er dafür nahm, praktisch nicht der Rede wert. Dennoch war es eine für ihn ungewohnte und zugleich in seltsam fetischistischer Weise stimulierende Erfahrung, in seiner, wenngleich natürlich nicht offengelegten, gesellschaftlichen Position für sexuelle Dienstleistungen Geld anzunehmen.

Als Mann war er mit diesem Geschäftsmodell gleichwohl eine Ausnahme im Chat. Franks Wahrnehmung nach unterteilten sich die offenen Sexdatingportale im Wesentlichen in eine nahezu ausschließlich kommerziell präsente weibliche und eine umgekehrt sich fast durchweg kostenlos anbietende männliche Seite, letztere mit einem erheblichen Anteil von Angeboten aus dem schwulen Spektrum. Frank, dessen Bisexualität eine doch eher heterosexuelle Primärpräferenz aufwies, beneidete die Vertreter der gay community mehr als nur ein bisschen um die sexuelle Kultur, die sie sich aufgebaut hatten und die im Heterobereich praktisch vollständig fehlte. In philosophischen Augenblicken fragte er sich manchmal, ob die deutliche Kopplung von Geld an weibliche sexuelle Angebote mit dem starken wirtschaftlichen Ungleichgewicht zusammenhängen mochte, das das Verhältnis von Männern und Frauen im zeitgenössischen Umfeld auszeichnete. War der kleinliche Wunsch vieler Männer in seiner Gesellschaft, Frauen durch wirtschaftliche Abhängigkeit zu dominieren, wirklich so stark, dass sie dafür bereit waren, die offenkundigen Qualitätsdefizite aufgrund der wirtschaftlichen Schwäche der Frauen und ein damit potenziell verbundenes Verblassen der Lust hinter kommerziellen Erwägungen billigend in Kauf zu nehmen? Zugleich beantwortete er sich diese Frage mit einem klaren Ja, vermutlich dachten die meisten wirklich so kurzsichtig.

Und so wunderte es ihn auch nicht im geringsten, dass sich die meisten der Sexanzeigen in den Portalen lasen wie ein Festival der Eitelkeiten. Wenn die Inserierenden denn wirklich alle so toll waren, wie es die Anzeigen glaubhaft zu machen versuchten, warum um alles in der Welt hatten sie es dann nötig im Internet zu suchen? Warum flogen ihnen die Partnerinnen und Partner dann nicht auch bei Gelegenheitskontakten zu? Und andererseits, gab überhaupt jemanden, der oder die wirklich einfach noch Sex aus reinem Spaß am Sex, quasi als Selbstzweck, hatte? Oder ging es allen bloß noch um Selbstoptimierung, als deren Bestandteil auch die standesgemäße Fickerei nur eine Partialfunktion einnahm? Lag nicht auch ein Stück weit hilflose Verzweiflung in der so stark asymmetrischen Verteilung der Angebote und Gesuche, gerade im heterosexuellen Bereich, wo es meist nur um harte Währung und nicht um soziale Faktoren ging? Frank hatte sehr schnell gemerkt, dass ihn die

Kommerzialisierung langweilte und dass die in Relation zum überteuerten Preis oft unverhältnismäßig dürftige Dienstleistung ihn nicht wirklich zu erregen in der Lage war. War es tatsächlich so schwer, jemanden zu finden, der ganz banal Spaß am Sex hatte? Und falls dies bei den heterosexuellen Frauen tatsächlich probalistisch ein Ding der Unmöglichkeit sein sollte, was sollte dann andererseits daran schlimm sein, halt einem älteren Kerl einen zu blasen, der daran Spaß hatte?

Im Ganzen kombinierten die Portale in Franks Wahrnehmung in einer interessanten Mischung als wesentliche Triebfedern Egoismus und mangelndes Mitgefühl, ließen im Bereich des Sexdatings mithin gesellschaftliche und wirtschaftliche Phänomene zur Funktion des evolutionären Seins werden. Dabei fragte er sich, an die Maus-Utopia-Versuche des vergangenen Jahrhunderts zurückdenkend, welche Rolle wohl der Aspekt des Dichtestresses in einer noch immer exponentiell wachsenden Gesellschaft haben mochte? Spürten die Menschen bereits, dass der Punkt der kritischen Bevölkerungsdichte langsam erreicht war, dass konsensuelle heterosexuelle Lust so deutlich in den Hintergrund trat und kommerzieller Konkurrenzkampf dafür so deutlich zu Tage?

Zugleich war Frank nicht undankbar dafür, dass sein Land es ihm überhaupt noch gestattete, auf legalem Wege kommerzielle sexuelle Erfahrungen zu sammeln, während konservative Kräfte die Sexarbeit in weiten Teilen Europas bereits wieder in die Illegalität abgedrängt hatten. Besonders perfide fand er das in konservativen Rechtstheoretikerkreisen immer wieder diskutierte sogenannte nordische Modell, dass die Klienten der Sexarbeiterinnen und Sexarbeiter zu Straftätern machte und ihnen für die Nachfrage käuflicher Sexualität teils erhebliche Sanktionen in Aussicht stellte. Frank fragte sich zuweilen, ob aus der Geschichte denn gar nicht gelernt wurde. Hatte die Restriktivität des § 175 des deutschen Strafgesetzes, mit dem homosexuelle Aktivität bis 1994 unter Strafe gestellt wurde, nicht für genügend Leid und Erpressbarkeit gesorgt, so dass man sich immer noch genötigt sah, weitere Formen konsensueller Sexualität unter Strafe zu stellen? War die konservative Seite denn wirklich nur glücklich, wenn sie durch Zwang und Verbote einverständlicher Handlungen Leid und Unglück verbreiten konnte? Auch diese Frage hatte er sich, so verbohrt wie er nicht wenige Konservative kennengelernt hatte, schon vor einer ganzen Weile mit einem Ja beantwortet.

Aber gefährliche Menschen gab es unzweifelhaft auf allen Seiten. Frank erkannte durchaus das Problem, das Menschen für den Rest ihrer Mitmenschen darstellten, wenn sie glaubten, die Welt zu einem besseren Ort machen zu müssen. Über die Frage, unter welchen Rahmenbedingungen die Welt tatsächlich ein besserer Ort sein würde, gab es nämlich durchaus sehr stark divergierende Auffassungen. Das Paradies des einen mochte dabei die Hölle des anderen sein. Entsprechend war sich Frank ziemlich sicher, dass die Welt im Ganzen mit egoistischen Individualisten, die ihre Interessen wertneutral und ohne skandalisierend moralisierenden Druck offen miteinander verhandelten, vermutlich besser dran wäre.

Dabei fragte er sich immer wieder, was manchen Menschen bloß die erstaunliche Selbstsicherheit gab, für sich und andere entscheiden zu wollen, was für diese das Richtige sei. Er selbst hielt sich nicht für einen Dummkopf, war sich aber selbst in seinem eigenen Lebensmikrokosmos diesbezüglich bei Weitem nicht sicher. Außerdem gab es keine Konstanten, an denen er sich verbindlich festhalten konnte. Er hatte einmal seine Beziehung und später auch Ehe zu einer solchen Konstanten entwickeln wollen, war jedoch an der ganz banalen Tatsache gescheitert, dass so etwas in einer Beziehung immer auch zwei wollen müssen, nicht nur einer, wenn es funktionieren soll. Nun führte er bereits seit einigen Monaten eine Dreiecksbeziehung mit Victoria und Egbert, doch konnte er sich bei allen Beteuerungen Victorias, wie bedeutend und wichtig er doch für sie sei, mit letzter Sicherheit darauf verlassen? Ein unzweifelhafter Unsicherheitsfaktor war ferner das junge Alter seiner hübschen Frau und auch wenn sie zuverlässig war und sich sicherlich Mühe gab, dies zu verhindern, bestand doch immer ein Restrisiko einer Schwangerschaft. Kürzlich hatte sie ihm gebeichtet, dass Egbert, bei aller Vorsicht, die sie sonst hatten walten lassen, eben doch einmal ohne Kondom tief in ihr gekommen war und sie sich mithin nur auf die Pillenwirksamkeit verlassen konnten sowie Victorias grundsätzliche Bereitschaft, im Zweifelsfall auch abzureiben. Aber so wie sich ihre Verliebtheit in Liebe für ihren älteren Liebhaber entwickelt hatte, würde sie im Zweifel wirklich zu ihrem Wort stehen und sein Kind abtreiben lassen? Und falls sie sich dagegen entscheiden würde, wäre dies eine Situation, mit der er, Frank, dann immer noch umgehen könnte oder wäre dies vielleicht doch der Punkt, an dem er seinen Hut nehmen und gehen würde? Welche Rolle sollte er in diesem Beziehungskonstrukt dann auch noch spielen? Wie immer er die Sache betrachtete, es blieb eine Restunsicherheit und mit ihr das beklemmende Gefühl, im Zweifel auf sich alleine gestellt zu sein.

Um sich vor solcherart bedrückenden und zugleich destruktiven Gefühlen zumindest zeitweise abzuschirmen, war Frank nun, unter einem Decknamen, im Datingportal unterwegs. Dabei hatte er der sarkastischen Ironie nicht widerstehen können, sich den Chatnamen Egbert zu geben. Frank hatte schnell gemerkt, dass sich offenbar die meisten unter einer Fake- oder Tarnidentität bewegten, selbst diejenigen Teilnehmerinnen und Teilnehmer, mit denen man durchaus ernsthaft ins Geschäft kommen konnte.

Pedantisch wie er war, hatte es sich Frank unter missbräuchlicher Nutzung seiner Amtsautorität zum Hobby gemacht, die Tarnidentitäten seiner sexuellen Kontakte zu lüften. Dies tat er insbesondere dann, wenn er beabsichtigte wiederzukommen, wie dies bei einem recht hochpreisigen Taschengeldpärchen der Fall war, bei dem sich Mann und Frau gleichermaßen unter den Decknahmen Carl und Christina Lehmann für bisexuelle Dienstleistungen anboten. Die Identität der angeblichen Christina war ihm bis dato ein Rätsel geblieben, Carl dagegen hatte er anhand der Mietvertragsdaten des Appartements, in das die beiden ihn eingeladen hatten, sowie der Straftäterkartei als den ledigen, vorbestraften Kleinkriminellen MacDonald „Mackie" Müller identifiziert. Dies war ihm egal, solange die beiden einen diskreten und weiterhin so qualitativ vergleichsweise hochwertigen Service anboten, wie sie es beim letzten Treffen getan hatten. Dafür war er durchaus bereit, auch ein wenig Geld zu investieren.

In diesem Augenblick erschien eine neue Nachricht in Franks Briefkasten im Datingportal. Die Nachricht stammte von Carl Lehmann und war die Antwort auf Franks Terminanfrage. Und so, wie die Nachricht sich las, versprach es doch ein Abend zu werden, an dem nicht nur Victoria mit ihrem Egbert Spaß haben würde. Franks Laune hellte sich sogleich deutlich auf. Die Nacht konnte beginnen.

7. Spiel mit dem Feuer

„Gefährlich ist wer Schmerzen kennt vom Feuer, das den
Geist verbrennt.

Gefährlich das gebrannte Kind mit Feuer, das vom Leben
trennt."
Rammstein, **Feuer frei!**

Freitag, 31.03.2018

MacDonald „Mackie" Müller blickte voll selbstzufriedener
Boshaftigkeit auf den Bildschirm des Computers in jenem schmie-
rig zwielichtigen Internetcafé, in dem Nutzer nicht registriert wurden und das er daher gerne für seine besonderen Recherchen in
Anspruch nahm. Er nutzte die Internetverbindung des Cafés sogar
noch lieber als jene über sein Smartphone mit dem Prepaidvertrag,
den er für ein kleines Bestechungsgeld von einem Straßenpenner
auf dessen Namen hatte abschließen lassen, der sich mittlerweile
vermutlich bereits den letzten Rest Gehirn weggesoffen hatte und
ihn selbst bei einer Gegenüberstellung nicht wiedererkennen
würde. Das Internetcafé war für Mackie gleichsam ein kleines Refugium der Freiheit in einem staatlich-gesellschaftlichen Überwa-
chungsnetz, das zunehmend lückenloser wurde und kleinen
Gangstern wie ihm das Leben immer schwerer machte, während
es die Verbrecher im Nadelstreif schützte. Volltreffer, und es war
so einfach gewesen.

Dass der Rufname Egbert, den sein Möchtegern-Geschäfts-
partner sich gegeben hatte, nur ein Scherz gewesen sein konnte,
war Mackie von Anfang an klar gewesen. Selbst seine Alkoholike-
rin und Junkie von Mutter, die sich bei seiner Geburt seinen Vornamen spontan beim Blick auf eine Burgertüte einfallen lassen
hatte, wie sie ihm zu ihren Lebzeiten mal im Suff entgegengelallt
hatte, wäre nicht auf eine so vollkommen blödsinnige Idee gekommen. Niemand hieß heutzutage Egbert. Mackie hatte initial ein
paar Gedanken daran verschwendet, ob es sich um einen pseudo-
intellektuell spleenigen Neologismus in Ableitung vom englischen
„egg" als Verweis auf die Eier in der Hose handeln mochte. Ein
gelangweilter Blick auf sein Smartphone hatte ihn jedoch zur mar-
tialischen Natur der sächsischen Ursprungsbedeutung des Namens
informiert, die so gar nicht zum soften Snobismus seines vermeintlichen Trägers passen wollte.

Doch selbst Mackies blühende Phantasie hätte nicht ausgereicht, sich im Voraus auszumalen, was für einen Fisch er da an der
Angel hatte. Soso, Frank Schüffner hieß er also und arbeitete für

die Staatsanwaltschaft. Mackies Finger flogen, die neuen Informationen, die er dank der Bilderkennungssoftware aus dem Darknet gewonnen hatte, in seinem Sinne nutzend, über die Tasten. Er grinste breit. Tatsächlich, der gute Frank war verheiratet, wie nicht anders zu erwarten. Immerhin war er ja einer der guten Bürger unserer Gesellschaft.

Dass Egbert-Frank auf die eine oder andere Weise nicht ganz rund lief, war Mackie schon bei ihrem ersten Kennenlernen aufgefallen. Aufgrund seiner langjährigen Erfahrung in der Halbwelt der käuflichen Lust kannte er Exzentriker und Psychopathen aller Couleur, aber Egbert-Franks Mischung aus entgrenzter sexueller Obsession und an Paranoia grenzender Heimlichtuerei war selbst für ihn ungewöhnlich. Vermutlich sah er sich als eine Art Dr. Jekyll und Mr. Hyde, doch wenn, dann war er ein erbärmlicher Hyde, einer, vor dem niemand Angst haben musste und Mackie schon gleich gar nicht. Dass der Mann etwas zu verbergen hatte, dass er etwas schützen und daher um jeden Preis aus seinem Doppelleben heraushalten wollte, war von Anfang an klar gewesen. Mackie war lediglich überrascht, dass dieses zu schützende Mysterium in einem bürgerlichen Spießerleben in Verbindung mit einer allenfalls mittelmäßig bezahlten Beamtenstelle bestand, was in all seiner Erbärmlichkeit im Grunde schon wieder zum Lachen war. Dass dieser Möchtegern-Hyde sich dabei offensichtlich nicht im Klaren darüber war, dass er in einer Zeit lebte, in der eine Banalität wie ein Foto auf einem Smartphone eine Anonymität ohne Weiteres beenden konnte, sofern man nur wusste wie, rundete die Ironie auf skurrile Weise ab.

Was Mackie gleich von Anfang an gespürt hatte, war die Einsamkeit, die Egbert-Frank empfinden musste. Denn Mackie hatte eine gute Antenne für Einsamkeit, war sie ihm doch seit seinen jüngsten Jahren selbst wohl vertraut. Er hatte sie sich schließlich zu eigen gemacht und sich in ihr eingerichtet, sie war zu seiner zweiten Natur geworden, so wie die Schatten, in denen er sich bewegte und sich dabei gleichsam sicher und geborgen fühlte. Dabei hatte sich Mackie nie Illusionen darüber gemacht, dass die Schatten unbarmherzig waren und keine Fehler verziehen. Dennoch belohnten sie jene reichhaltig, die sich ihren Regeln unterwarfen. In der beschränkten Vorstellung von Fairness eines Menschen wie Mackie, der niemals belastbare Zuverlässigkeit oder gar Vertrauen kennengelernt hatte, waren dies akzeptable Rahmenbedingungen.

Stets hatten die Schatten Mackie dabei geholfen, seine Diskretion zu wahren, wenn er mit dem Gesetz in Konflikt kam, was oft genug der Fall war. Nicht im Traum wäre es ihm in den Sinn gekommen, sich in den Schutz der Schatten zu begeben, wenn er etwas Nichtillegales tat, so wie dies bei Egbert-Frank der Fall war. Allein der Gedanke wäre ihm wie Missbrauch des Schutzes vorgekommen, den die Schatten ihren treuen Dienern boten. Dabei missbrauchte Mackie viel und gerne, jedoch nur jene, die er verachtete. Für die Schatten dagegen hegte er ihm anderweitig wesensfremde Gefühle: Respekt und Hochachtung. Ohne einen triftigen Grund nahmen nur Schwächlinge den Schutz der Schatten in Anspruch. Und für Schwäche hatte Mackie ein ebenso untrügliches Gespür wie für Einsamkeit. Dabei verachtete er Erstere genauso, wie er Letztere schätzte. In seinem Leben hatten die Schwachen nur eine Rolle und zwar die, seine Beute zu sein, mit der er genauso unbarmherzig sein Spiel trieb, wie das Leben es umgekehrt mit ihm tat.

Oh ja, Mackie kannte sie gut, jene vermeintlichen Halbgötter ihrer Zeit, die sich in ihrer Arroganz über Menschen wie ihn zu erheben pflegten. Er kannte sie und er hasste sie für ihre Macht, die ihr Status und ihr Geld ihnen über ihn verlieh.

Mackies exzellentes Gedächtnis war ihm beim Überleben in der Halbwelt immer zugutegekommen und auch jetzt erinnerte er sich noch sehr genau, wie er jenen merkwürdigen Egbert, den er nun als Frank Schüffner identifiziert hatte, seinerzeit kennengelernt hatte. Zu den vielen Geschäften, denen Mackie in den Schatten nachging, gehörte die Zuhälterei, wobei er sich auch selbst nicht zu schade war, sich als Stricher zu verdingen, sofern nur die Bezahlung stimmte. Während seine Mädchen auf dem Strich mit harter und zugleich unerfreulich billiger Konkurrenz aus dem Ausland zu kämpfen hatten, was sie in einer destruktiven Preisspirale nach unten verschliss, hatte er frühzeitig einen Weg erkannt, wie er dem allgemeinen Trend der importierten Billigkonkurrenz ein höherpreisiges Angebot entgegensetzen konnte. Ein offenkundig beliebtes Konzept bei den zeitgenössischen Freiern war die Idee der Hobbyhure, die parallel zu einem quasibürgerlichen Leben gelegentlich aus Neigung ihrem Gewerbe nachging. Um diese Illusion naturgeiler Freiwilligkeit entstehen zu lassen, für die deutlich mehr Geld auf den Tisch gelegt wurde als für die offensichtlichere Armseligkeit auf dem Straßenstrich, genügte es häufig schon billige

Mietwohnungen halbwegs wohnlich einzurichten. In dieser Scheinwelt spießbürgerlicher Heimeligkeit konnten sich die Freier offensichtlich gut einreden, dass so ein vermeintlich notgeiles Biest sich gleichsam den einen oder anderen Euro dazuverdienen wollen könnte. Und solange sie für ihre Illusionen zu zahlen bereit waren, sollte es Mackie recht sein.

Der zweite Trend bestand darin, nicht nur zur Hobbynutte zu gehen, sondern es am besten gleich mit einem Paar zu treiben. Die Freier, die sich dieses Erlebnis gönnten, waren meist besonders zahlungskräftig, so dass Preise von 200 Euro und mehr für ein Treffen ohne Weiteres zu erzielen waren. Dieser Paarfetisch folgte dabei, so meinte Mackie erkannt zu haben, im Wesentlichen zwei Mustern. Einmal bestand der Reiz des Freiers darin, auf gleichsam sichere Weise in eine bestehende Beziehung einzubrechen und es dabei vor den Augen des eigentlichen Freundes oder Ehemanns mit der Frau zu treiben. Am meisten standen sie darauf, wenn die Frau ihnen dabei das Gefühl vermittelte, es ihr besser zu besorgen als der eigentliche Partner. Der zweite Teil des Reizes für den Freier bestand in dem Ausleben oft nichteingestandener homoerotischer Phantasien, die im Rahmen der Paarkonstellation für das heteronormative Selbstverständnis der eignen sexuellen Identität weniger riskant erschienen. Dieser Typ Freier wollte sich keine rein schwulen Neigungen eingestehen, was ihn davon abhielt, die praktisch an jeder Ecke kostenlos erhältlichen schwulen sexuellen Gelegenheiten in Anspruch zu nehmen. Stattdessen zahlten sie einen Haufen Geld dafür, sich in Anwesenheit einer Frau von einem Typen in den Arsch ficken zu lassen, um sich dabei nicht schwul sondern bisexuell zu fühlen. War die Welt nicht völlig verrückt?

Mackie spielte nicht ungern den Ehemann bei dieser Pärchenlüge für die Freier. Die Hauptherausforderung für ihn bestand dabei darin, sich für die Treffen mit den individuellen Stammfreiern zu merken, mit welcher seiner Huren er angeblich gerade verheiratet war, um die Scharade nicht zu gefährden. Immerhin war es die Illusion, für die seine Kunden gutes Geld bezahlten und dafür lieferte er, wonach sie verlangten. Für 0-8-15-Sex mit gewöhnlichen Straßenhuren wurde plötzlich ein Vielfaches gezahlt, wenn er den Freiern glaubhaft vermittelte, es mit einer in ihrer Ehe sexuell unterversorgten Hausfrau zu tun zu haben. Und sie glaubten das Schmierentheater nur allzu gern, so sehr es auch ihren eigenen Erfahrungen in absurdester Weise widersprechen mochte. Dabei waren die meisten seiner Huren nicht unbedingt gute Schauspielerinnen, doch dies machte Mackie mit seiner eloquenten Performance als widerwillig teilender Ehemann der naturgeilen und unterversorgten Gattin allemal wieder wett.

Nachdem Mackie schon in früher Jugend unfreiwillig an die Bisexualität herangeführt worden war, hatte er bald gelernt, aus seinen fehlenden Berührungsängsten männlichen Genitalien gegenüber Kapital zu schlagen. Auch seinem Anus machte es längst nichts mehr aus, Glieder nahezu beliebiger Größe aufzunehmen. In praxi wurde diese Fähigkeit allerdings selten abgefragt; wenn die Freier arschficken wollten, mussten meistens die Mädels herhalten. Allerdings machte die Kunden die Idee an, das Gefühl des Geficktwerdens mit dem männlichen Partner im Rahmen des Dreiers zu erleben. Auch der Befriedigung dieser Neugier seiner Klienten kam Mackie nur allzu gern nach, nachdem er sich zunächst von den reichen Muttersöhnchen seinen Schwanz großlutschen ließ. Dabei wusste er durchaus, wie man ein Rektum ficken konnte, ohne dass es den Gefickten schmerzte und ihm sogar Vergnügen bereiten konnte. Aber es vermittelte ihm deutlich mehr sadistische Befriedigung, den unerfahrenen Hetero-Ehemann zu spielen, der in triebhafter Wollust viel zu hart und rücksichtslos zustieß, als hätte er eine Scheide vor sich und keinen ungleich empfindlicheren Analkanal. Die Freier, denen er sein steifes Genital dabei so brutal ins Rektum drückte, konnten sein sardonisches Lächeln nicht sehen, während sie ins Kissen bissen, um ihren mit dem lustvollen Gefühl des Gefülltseins vermengten Schmerz nicht herauszubrüllen. Sie hatten Schmerzen und Mackie erfreute, dass es den arroganten Spießern wehtat, wofür sie sich am Ende oft genug auch noch bedankten und ihm sagten, wie sehr sie es doch genossen hätten, mal so richtig durchgenommen zu werden.

Und so war es auch eine seiner Paar-sucht-Dreier-gegen-Taschengeld-Annoncen gewesen, die Mackie mit Egbert-Frank in Kontakt gebracht hatte. In den Schatten traf man die merkwürdigsten Persönlichkeitsvarianten und dass Egbert-Frank auf seine Weise eine sehr spezielle Persönlichkeit sein musste, hatte Mackie von Anfang an gespürt. Paranoide Typen gab es in der Demimonde reichlich, bis zu einem gewissen Grad rechnete sich Mackie selbst dazu, aber sein neuer Klient war in dieser Hinsicht wirklich extrem. Kommunikation über die üblichen Kanäle wie Telefon oder WhatsApp lehnte er gleich bei der Kontaktaufnahme über die

Plattform ab und bestand darauf, nur über eine anonyme Emailadresse zu korrespondieren. Auch eine vorherige Bildübermittlung war für ihn ein Ausschlusskriterium, stattdessen schlug er ein anonymes Treffen im neutralen öffentlichen Raum vor. Mackie hatte ihn schon als ein Fake oder einen Bildersammler abschreiben wollen, aber etwas an dem nachhaltigen Insistieren bei den Kontaktaufnahmeversuchen des sich unter dem anachronistischen Vornamen Egbert ausgebenden Fremden hielt ihn davon ab. Die Entscheidung brachte schließlich die Tatsache, dass der Fremde bereit war, die von Mackie geforderten 200 Euro für ein erstes Treffen unabhängig davon hinzulegen, ob es dabei zum Sex kam oder man sich unsympathisch war und jeder wieder seiner Wege ging, gleichsam als Aufwandsentschädigung und Gratifikation für die von Mackie garantierte Diskretion.

Mackie hatte im Grunde nur halb damit gerechnet, dass der paranoide Heimlichtuer wirklich zu dem Treffen erscheinen würde, aber er war tatsächlich aufgetaucht und hatte ihm, noch bevor sie zwei Worte miteinander gewechselt hatten, den vereinbarten Umschlag mit dem Geld in die Hand gedrückt. Das Mädchen, das Mackie zu dem Termin als seine Ehefrau mitgebracht hatte, war ganz ansehnlich und außerdem hatte er, einer inneren Stimme folgend, nicht die Allerundifferenzierteste für das Stelldichein mit dem seltsamen Vogel ausgewählt. Egbert-Frank hatte sich nichts anmerken lassen, ob sie ihm gefiel oder nicht, aber er sagte auch nicht nein und nach einem kurzen Austausch höflicher Belanglosigkeiten waren sie in das nahegelegene Appartement gegangen, das Mackie als seine eheliche Wohnung präsentierte.

Dort hatten sie sich nicht lange mit Reden aufgehalten, sondern sich schnell ihrer, dem neutralen Treffpunkt geschuldet, unauffälligen Kleidung entledigt. Egbert-Frank hatte daraufhin zügig begonnen, Muschi und Po von Mackies vermeintlicher Ehefrau zu lecken und zögerte auch nicht, Mackies Glied und Hintereingang mit der Zunge zu verwöhnen, während er sich dabei von dem Mädel blasen ließ. Mackie merkte seinen anfangs unbeholfenen Saugbewegungen und seinem vorsichtigen Bestreben, Mackies Eichel nicht zu tief in den Rachen zu bekommen, deutlich an, dass er es mit einem Anfänger zu tun hatte, aber immerhin mit einem, der sich Mühe gab. Wenn er dafür bei Mackie Anerkennung erwartete, war er natürlich an den Falschen geraten. Im Gegenteil, Mackie stieß hin und wieder mal mit einer scheinbar lustreflektorischen

Beckenbewegung nach, was bei Egbert-Frank heftige Würgreflexe verursachte, die ihm die Tränen in die Augen trieben und ihm den Sabber aus dem Mund und an Mackies Schwanz hinunterlaufen ließ. Mackie genoss das sadistische Spiel, zumal der heimlichtuerische Schwanzlutscher sich auch keineswegs beschwerte, sondern masochistisch versuchte, es seinem Peiniger möglichst recht zu machen. *Dazuzulernen*, korrigierte sich Mackie in Gedanken, so nannten das die gelangweilten reichen Spießer meist, die ihr bürgerliches Nest samt betrogener Mutti am Herd verließen, um zu ihm zu kommen und so wenigstens für eine knappe Stunde, ehrlicherweise meist deutlich weniger, der Tristesse ihres entsexualisierten Alltags zu entfliehen.

Mackie wusste, was sein schwanzlutschender Möchtegernmasochist zugleich mit einem Teil seines Bewusstseins fürchtete, während der andere Teil selbigem lustvoll entgegenfieberte. So bedeutete er seinem Gast, sobald sein eigener Schwanz steif genug war, sich auf alle Viere zu begeben und ihm seinen Po entgegenzustrecken. Er hatte sich nicht getäuscht, Egbert-Frank reagierte sofort und präsentierte ihm, zunächst zögerlich aber doch im Sinne einer klaren Einladung, mit leicht gespreizten Beinen auf allen Vieren seinen Hintereingang. Mackie ließ sich von dem Mädel ein Kondom zuwerfen, das er sich überstreifte, bevor er aus einer Gleitcremetube sparsam Glitsche an die Rosette seines Gastes schmierte. Diese reagierte durchaus nachgiebig auf den prüfenden Druck seines Fingers; es war für Egbert-Frank also entweder nicht der erste Schwanz im Rektum oder er übte mit Fingern oder Dildos. Damit würde sein Hintereingang nicht so eng sein und es ihm nicht so weh tun, wie Mackie innerlich bereits frohlockend gehofft hatte, was er mit einem leichten Anflug von Bedauern zur Kenntnis nahm. Schade eigentlich, aber er würde diese kleine Schmälerung seiner sadistischen Lust durch ein mehr an Brutalität beim Penetrieren mehr als ausgleichen.

Entsprechend hielt er sich gar nicht lange mit dem Vordehnen auf, sondern setzte seine pralle Eichel zügig an die mit einem dünnen Film Gleitcreme überzogene Rosette seines Gastes. Mit zunächst vorsichtigem, dann immer fordernder werdendem Druck dehnte er den Hintereingang von Egbert-Frank soweit auf, bis seine Eichel etwa zur Hälfte in dessen Anus verschwunden war, was dieser mit einem leichten, noch deutlich lustvollen Stöhnen quittierte. Seiner Nutte warf er einen warnenden Blick zu, als diese mit einem verachtungsvoll mitleidigen Blick auf das gefickte zitternde Häufchen Antizipation unter ihm herabblickte und so die teuer verkaufte Illusion zu gefährden begann. Sie verstand sofort und begann stattdessen, Egbert-Franks in halb angstvoller Erwartung wieder weich wie Pudding gewordenen Schwanz wie auch seine Hoden mit ihren zarten Fingern zu massieren.

Mackie nutzte den Moment der Überraschung, als Egbert-Frank die Hände der Kleinen an seinem Schwanz fühlte und dabei reflektorisch seine Rosette ein wenig entspannte, dazu, mit einem beherzten Beckenstoß Eichel und Schaft seines Schwanzes komplett ins Rektum seines Klienten zu treiben. Einen Schmerzensschrei gerade noch unterdrückend, grub Egbert-Frank seine Zähne in die vor ihm liegende Decke, so dass nur ein helles Stöhnen daraus wurde. Genau dies waren die Momente, die Mackie an diesem Job so liebte, wenn die selbsternannten Großen dieser Gesellschaft, aufgespießt auf seinem Pimmel, ihre Schmerzen in die Kissen stöhnten. Es war für ihn mehr als ein Heimzahlen dessen, was ihm selbst früher geschehen war – es war eine Umkehrung der Ordnung der Dinge, die jenseits der Demimonde vermeintlich selbstevident und unverrückbar schienen.

Und so fackelte Mackie nicht lange. Kaum hatte Egbert-Frank sich an den harten Eindringling in seinem Rektum gewöhnt und sich wieder zu entspannen begonnen, stieß der Lude ihn mit beherzten, tiefen Fickbewegungen, worauf sich die Zähne seines Klienten wieder in die Decke zu graben begannen. Mackie war immer wieder überrascht, was seine Kunden sich von ihm bieten ließen und dafür nicht nur bezahlten, sondern auch noch mehr verlangten. Und auch Egbert-Frank fing schließlich damit an, mit seinem Becken dem harten Eindringling in seinem Rektum entgegenzustoßen, was Mackie mit noch gewaltsamerer Penetration beantwortete. Und doch wusste er, dass er dieses Spiel nicht ins Unendliche steigern konnte, wollte er nicht im Po seines Klienten verfrüht in sein Gummi spritzen, eine Nachlässigkeit, die hochgradig unprofessionell gewesen wäre.

So ließ er denn nach noch ein paar besonders tiefen und robusten Stößen von Egbert-Franks Hintereingang ab, worauf dieser, schwer atmend und völlig verschwitzt, ihm für das intensive Erlebnis dankte und sich wieder seiner vermeintlichen Ehefrau zuwandte. Da die Kleine ihr Handwerk verstand, hatte sie ihm in Stellung 69 im Handumdrehen wieder eine stramme Erektion verpasst, worauf er sich ein Gummi überstreifen ließ und sie in Doggy-Stellung zu vögeln begann. Mackie, dem vom bloßen Zuschauen schnell langweilig wurde, ließ sich derweil von ihr ein wenig blasen, was seinen Klienten weiter aufzugeilen schien. Und so wäre es auch fast bei einem 0-8-15-Dreier geblieben, bis Egbert-Frank während des Stoßens seiner Nutte fragte, ob Mackie nicht seine Ladung in die Muschi seiner Frau spritzen und ihn die Soße anschließend daraus auslecken lassen könne. Die Augen des Mädels, das dabei fleißig an Mackies Schwanz blies, blickten flehend mit einem stummen Nein zu ihm nach oben. Mackie wusste, dass gerade sie immer größten Wert auf Kondombenutzung legte, was seinen Sadismus anstachelte, so dass er zum Entsetzen seiner vermeintlichen Gattin zustimmte. So ließ er das Mädel in Doggy-Position knien, Egbert-Frank in 69er Stellung mit dem Gesicht unter ihrem Becken liegen und schob ihr, die trotz ihres Widerwillens doch keinen Widerstand zu leisten wagte, seinen Schwanz ungeschützt zwischen die rasierten Schamlippen ihrer Scheide. Mackie wusste, dass es ihr dabei nicht um Empfängnisverhütung ging; diese war sehr professionell sichergestellt, auch falls mal etwas danebenging. Es war für sie eine prinzipielle Sache und Mackie hatte es schon immer einen Heidenspaß bereitet, Prinzipien durch Macht zu brechen.

Für ihn war es entsprechend selbst das erste Mal, dass er sie ohne Gummi vögelte und er musste sich eingestehen, dabei etwas verpasst zu haben, während ihre feuchte Scheidenwand widerwillig seinen in sie stoßenden, nichtgummierten Pimmel massierte. Entsprechend dauerte es auch nicht lange, bis sein Penis in ihr zu zucken begann und Mackie ihr, grunzend und stöhnend, seine Wichse gegen ihren Willen tief in den Vaginalkanal und vor den Muttermund ihrer Gebärmutter spritzte. Erst, als sich sein Schwanz komplett in ihr ausgezuckt hatte, zog er ihn zurück, wobei sich ein zäher Schwall seines frischen Spermas aus ihrer Scheide heraus in den offen stehenden Mund des darunterliegenden Egbert-Frank entleerte, der die eingesamte Vagina auch sogleich fleißig und mit offenkundigem kulinarischen Genuss auszulecken begann. Mackie gab' ihm zwischendurch seinen Schwanz zum Sauberlecken und auch dieses Angebot wurde umgehend angenommen.

Als nichts mehr nachlief, kniete sich Egbert-Frank wieder hinter die vermeintlich naturgeile Ehegattin und nutzte das

Restsperma in ihrer Scheide als Gleitmittel, um sie in Doggy-Stellung weiter zu ficken. Auch er brauchte nun jedoch nicht mehr lange und entlud sich nach wenigen Minuten schwitzend und stöhnend in ihrem Becken in sein Gummi, dass ihm anschließend in gewohnter Professionalität mit Hygienetüchern vom Glied gezogen wurde. Hätten die Blicke seiner Nutte töten können, hätte Mackie wohl keine Minute überlebt, aber so spielte er weiter den fürsorglichen Ehemann und auch sie schluckte ihren Ärger herunter und fügte sich weiter in ihre Rolle. Egbert-Frank reinigte sich noch sein Glied mit Hygienetüchern, zog sich schnell an und war in einer Eile verschwunden, die an Flucht erinnerte, Mackie dabei mit seiner schmollenden Nutte im Appartement zurücklassend.

Trotz dieses übereilten Rückzugs war sich Mackie sicher, seinen exzentrischen Kunden wiederzusehen und er hatte sich nicht getäuscht. Es sollten sogar einige Treffen werden, während derer Egbert-Frank das weite Spektrum des Fetischistischen gegen harte Währung durchzuprobieren begann. Gleich beim zweiten Treffen brachte er HIV-Schnellteste mit, die er sich offenbar auf dem Graumarkt beschafft haben musste. Mackie erschien dies zwar ein wenig spät, nachdem sein Klient sein Sperma bereits aus der Scheide einer für ihn wildfremden Frau getrunken hatte, aber wer zahlte, hatte bekanntlich recht und Egbert-Frank zahlte zuverlässig. Die Schnellteste fielen allesamt negativ aus, was Mackie nicht sonderlich überraschte. Er wusste, dass bei seinen Nutten hin und wieder mal eine bakterielle Geschlechtskrankheit bei einem ihm gut bekannten Szenearzt behandelt werden musste, HIV war aber noch bei keiner aufgetreten und davor hatten sie offenbar auch alle nach wie vor Respekt.

Egbert-Frank fing klein an mit den Fetischen, steigerte sich allerdings dabei schnell. Zunächst wünschte er, dass Mackie und seine vermeintliche Frau sich vor den Treffen mit ihm nicht wuschen, weil er den Geschmack von nach altem Urin und Sexualsekreten schmeckenden Genitalien ungleich mehr schätzte als den von Duschgel auf frischgewaschener Haut. Jedoch blieben die kulinarischen Vorlieben dieses ausgewiesenen Gourmets dabei nicht stehen, so dass er sich frischen Natursekt von Mackies Nutte in kleinen Stößen zum Schlucken in den Hals pissen ließ und nach dem Kacken ihren schmutzigen Anus sauberleckte. Frisches Sperma in ihrer Scheide blieb aber das größte Highlight für ihn und nachdem er durch die Tests als sauber klassifiziert war, ließ ihn

Mackie die von ihm vorbesamte Muschi gegen Extrabezahlung und zum noch größeren Entsetzen der Nutte schließlich auch ohne Gummi nachstoßen und nachbesamen, wobei Egbert-Frank dabei auch sein eigenes Sperma auszulecken genoss.

Schließlich waren es eine ganze Reihe von Treffen gewesen, in denen Egbert-Frank sein fetischistisches Spektrum immer weiter ausgebaut hatte, und Mackie hatte ein deutlich vierstelliges Sümmchen mit den Dreiern auf Basis seines Geschäftsmodells der Pärchenillusion eingestrichen. Doch als Egbert-Franks Fetische schließlich ihre Sättigung erreicht hatten und sich nicht mehr beliebig weiterster steigern ließen, begann er mit ersten Zeichen des Desinteresses zu reagieren, die Mackie hellhörig werden ließen, wollte er diesen zahlungskräftigen Kunden doch nicht verlieren. Als er ihn schließlich direkt darauf ansprach, wie sie sein Vergnügen an den gelegentlichen Treffen denn noch weiter steigern könnten, fragte ihn Egbert-Frank schließlich relativ direkt, ob sie nicht einfach mit der Scharade der angeblichen Ehe aufhören und offen sprechen wollten.

Mackie war initial von Egbert-Franks Intuition beeindruckt, hatte er doch alles dafür getan, um die Illusion aufrechtzuerhalten. Inzwischen machte ihn seine eigene Leichtgläubigkeit eher wütend, hatte der Kerl doch offenbar keine besonders sensiblen Antennen gehabt, sondern einfach seine Datenbanken abgefragt um herauszubekommen, dass es das auf dem Türschild stehende Ehepaar in Wahrheit gar nicht gab. Dass er Mackie so hinters Licht geführt hatte, würde er ihm büßen, das nahm dieser sich fest vor.

Als Mackie auf Egbert-Franks plötzliche Offenbarung, dass er ihm die Ehelüge nicht länger abnahm, zögerlich reagierte, ergriff dieser die Initiative. Er sagte Mackie auf den Kopf zu, dass er ein normaler Zuhälter sei, was er ihm aber nicht übel nähme, im Gegenteil habe er nach so jemandem gesucht. Mackie habe sich ja inzwischen selbst ein Bild seiner vielfältigen sexuellen Interessen machen können und er würde anbieten, selbst für Mackie als Stricher in einem weiteren Pärchenarrangement zu arbeiten. Er hätte zwar nur gelegentlich unter der Woche abends Zeit, wolle diesen Nachteil jedoch durch eine umso vielfältigere sexuelle Verwendungsbreite ausgleichen; Talent zum Schauspielern habe er auch.

Mackie hatte zunächst skeptisch reagiert und auch angesichts des bereits etwas fortgeschrittenen Alters seines Klienten an dessen Potenz gezweifelt, worauf dieser nur wortlos eine

Schwarzmarktpackung des Potenzmittels Sildenafil/Viagra aus der Hosentasche gezaubert hatte.

Dennoch war Mackie zurückhaltend geblieben. Nachdem Egbert-Frank jedoch so gut wie keinen Selbstbehalt an seinem Hurenlohn gefordert hatte, war er widerwillig auf dessen Angebot eingegangen und hatte ihm eine Hure für ein weiteres Pärchenarrangement zugewiesen. Zu seiner Überraschung hatte sich die Investition gelohnt. Egbert-Frank hatte ein gutes Händchen für die zahlungskräftigen Fetischisten, die sich für Mackies Angebote interessierten, und zügig einen kleinen aber zuverlässigen Kundenstamm aufgebaut. Dabei war er sich für keinen noch so abseitigen Fetisch zu schade, fickte vor ihren Augen Schwangere aus Mackies Hurenstammpersonal, leckte Muttermilch aus den Titten von Stillenden und vermittelte ganz allgemein den Klienten mit einer Mischung aus formvollendeter Kultiviertheit in Kombination mit tabu-überschreitender Devianz Erlebnisse, für die sie gerne ihr Geld in Mackies Tasche fließen ließen. Egbert-Frank leckte, blies, fickte, ließ sich ficken, schluckte, ließ sich anspritzen oder mit sonstigen Körpersekreten beglücken, wie es der exzentrischen Kundschaft gerade gefiel, und vermittelte dabei sogar den glaubhaften Eindruck, es selbst zu genießen. Schließlich holte das Paar aus Egbert-Frank und seiner Fickpartnerin auch Mackie und seine jeweilige vermeintliche Ehegattin zu größeren Orgien hinzu, ein erweitertes Geschäftsmodell, an das Mackie zuvor nicht zu denken gewagt hatte. Die Körperflüssigkeiten flossen und der Rubel rollte.

Und doch hatte Mackie dabei keinen Augenblick den Eindruck gehabt, Egbert-Frank auch nur für 5 Cent trauen zu können. So hatte er sich schließlich Mikrokameras beschafft und zu seiner Sicherheit Aufnahmen von Egbert-Frank während der Orgien und auch während ihrer gelegentlichen Gespräche angefertigt. Wie seine aktuelle Recherche gezeigt hatte, war die Investition gerechtfertigt gewesen. Der Kerl gehörte auf die Seite der Ermittlungsbehörden, nicht in die Welt der Schatten. Egbert-Frank war ein Judas und für einen Judas gab es nur einen Platz: Den Strang.

Nicht, dass Mackie nicht selbst auch genügend verraten und über die Klinge hätte springen lassen, aber er maß gerne mit zwei Paar Maß. Egbert-Frank hatte sich unter verdeckter Identität in eine Welt geschlichen, die ihm nicht zustand. Er gehörte in seine Spießerwelt, aus der heraus er sich für teuer Geld hin und wieder ein bisschen Glück in der Demimonde kaufen konnte, als

Bittsteller und Klient. Aber er hatte beides haben wollen, die arrogant-anmaßende Macht seiner gesellschaftlichen Position auf der einen und die hedonistische Ekstase der Halbwelt auf der anderen Seite, so wie die Mächtigen immer alles haben und den Ohnmächtigen, zu denen sich Mackie in realistischer Betrachtung durchaus selbst rechnete, nur die Rolle ihrer wissentlich oder unwissentlich willfährigen Helfershelfer zuweisen wollten. Oh ja, Mackie kannte die Arroganz der Macht zur Genüge und er fand sie zum Speien.

Aber diesmal würde er es diesem verlogenen kleinen Wichser heimzahlen. Der Kerl war zu weit gegangen, zu glauben als das, was er war, in Mackies Einflusssphäre vordringen zu können. Dies würde ihn teuer zu stehen kommen, so wie Mackie alle bluten ließ, die ihm unvorsichtigerweise zu nahe kamen.

Nähe war Mackie immer suspekt erschienen, weshalb er stets ein einsamer Wolf geblieben war. Sie machte angreifbar und verletzlich, ein Zustand, den die Schatten in ihrer Gnadenlosigkeit weder tolerierten noch verziehen. Wer sich verletzlich machte, musste die Schatten verlassen, soviel war Mackie klar, aber ein Leben ohne den Schutz, den sie ihm boten, konnte und wollte er sich nicht ausmalen. Freundschaft, gar Liebe, machten schwach und angreifbar, so dass er sie wie alle Ursachen von Schwäche zutiefst verachtete. Solche Gefühle führten in die Welt der Gutmenschen, jener, die in schöner Regelmäßigkeit zu ihm kamen, um sich ein wenig lustvolle Ablenkung von der erbarmungswürdigen Tristesse ihres sexlosen Alltags zu erkaufen. Dabei taten sie so, als sei ihre Lebensführung in irgendeiner Weise wünschens- und erstrebenswert, doch Mackie war sicher, dass sie sich selbst belogen. Auch dafür konnte er nur Verachtung empfinden, wenn die Welt der Gutmenschen Unterficktsein implizierte. Und bei den Preisen, die sie für seine Angebote zahlten, bedeutete es das ganz eindeutig. So gnadenlos die Schatten waren, denen sich Mackie anvertraute, untervögelt hatten sie ihn noch nie gelassen. Die Schatten konnten auch großzügig sein, wenn man sich ihren Spielregeln unterwarf und sich nicht von Schwäche leiten ließ.

Mit Verachtung kannte Mackie sich gut aus, auch in seiner Welt der Täuschung und der Paranoia. Verachtung war sogar eines der ganz wenigen Gefühle, die darin überhaupt authentisch gefühlt werden konnten; positive Gefühle erforderten nämlich Vertrauen und dieses konnte es in den Schatten nicht geben. Gleichwohl war die Verachtung nicht das einzige Gefühl, zu dem Mackie befähigt war. Die Verachtung hatte einen großen Bruder und dies war der Hass.

Und Mackie hasste sie, ja, er hasste sie von ganzem Herzen, die Halbgötter der Moderne mit ihren scheinbar so blütenreinen Westen, die meinten, ihn selbst in der Welt der Schatten nach Belieben missbrauchen und zum Spielball ihrer Interessen machen zu können. Es war schwer, ihrer habhaft zu werden, doch wenn es ihm gelang, dann würde er sie bluten lassen. Ja, in dem Punkt war sich Mackie sicher, dass auch vermeintliche Halbgötter bluten und sich vor Angst einscheißen würden, wenn man sie an die Wand stellte, ganz genau wie jeder andere auch. Gerade in ihrer Illusion scheinbarer Unangreifbarkeit musste es sie im Gegenteil noch viel härter und unmittelbarer treffen, etwas so Ursprünglichem und dadurch Beängstigendem wie blanker Gewalt exponiert zu werden. Damit kannten sie sich nicht aus und auf Dinge, die sie nicht kannten, reagierten Menschen immer nach dem gleichen Schema: Mit Angst. Mackie würde ihre Angst genießen.

Dabei war er sich durchaus bewusst, wie müßig seine Rachephantasien waren, doch hin und wieder gönnte er sich in ein paar Freiminuten den müßiggängerischen Luxus, sich ihnen hinzugeben. Eine Phantasie hatte es ihm dabei besonders angetan und diese bestand darin, ein Bewusstsein auf immer ins Dunkel zu stoßen, indem er ihm die Sinneseindrücke nahm. Mackie war kein großer Wissenschaftler und wollte es auch nie sein, aber das menschliche Gehirn als eine Funktion kortikaler Hemmung war ein Konzept, das sogar ihm als Laien einleuchtete. Zugleich war das Gehirn auf kontinuierliche Reizzufuhr im Wachzustand angewiesen, deren Deprivation die Betroffenen in einen Wahnzustand versetzen musste. Mackie hatte eine klare Vorstellung davon, wie man eine solche Reizdeprivation erreichen könnte, nämlich die Augen auszustechen, die Innenohren durch ätzende Flüssigkeiten zu zerstören, mit selbiger auch Naseninnenraum und Zunge in einer Weise zu verstümmeln, dass weder Geruch noch Geschmack je wieder wahrgenommen werden konnten und durch ihre Einwirkungen auf die Haut als einzig verbleibenden taktilen Reiz den Schmerz zu belassen. Ein solcher Zustand, da war sich Mackie sicher, musste weit schlimmer sein als der Tod, hatte er doch von jenen Sinnesdeprivationsversuchen gelesen, die bei den Probanden als Ausgleich der fehlenden Sinnesreize zu albtraumhaften Halluzinationen geführt hatten. Um wieviel eindrücklicher musste dieses

Phänomen sein, wenn es sich auf die gesamte verbleibende Lebenszeit erstreckte und zudem noch durch immerwährenden Schmerz pointiert war. Eine solche Existenz musste wahrhaft die Hölle sein, wobei Mackie sich gerne in der Rolle sah, diese Hölle zu bereiten.

Zugleich machte sich Mackie nicht vor, je die nötige Macht zu erreichen, einem anderen Menschen solche Qualen anzutun, obwohl er sich sicher war, dass andere, noch deutlich Skrupellosere als er, dies gewiss schon getan hatten. Er wusste, dass man, um die vermeintlichen Halbgötter bluten zu lassen, zunächst oft genug das Haupt vor ihnen neigen musste, dass sie einen überhaupt nah genug an sich heranließen. Wenn man sich jedoch auf diesen langen und beschwerlichen Wege zur Vergeltung einließ, so blieb die Frage, ob man sich am Ende noch hinreichend Motivation für ihre schlussendliche Ausführung bewahren würde oder auf dem langen Wegen schon zu sehr korrumpiert wäre, bis sich die Gelegenheit ergäbe, den verhassten Hals endlich durchzuschneiden, dass man es aus selbstsüchtigen Motiven dann doch nicht mehr täte. Mackie war sich seiner eigenen Willensstärke diesbezüglich keineswegs sicher, was für ihn ein weiterer Grund war, den Weg des Gutmenschentums als Tarnung erst gar nicht zu beschreiten. Die Schatten würde es ihm nicht danken, so wie die Schatten weder gut noch böse gratifizierten. Die Schatten hatten nämlich auch keine eigene Motivation. Sie waren motivational ebenso wie ethisch schlichtweg neutral.

Mackie merkte, wie er gedanklich immer mehr abschweifte, aber angesichts der eben gemachten Entdeckung gönnte er sich diesen kleinen Luxus. Im Hintergrund spielte Radio, ein Nachrichtensprecher berichtete gerade über die schwierigen Abrüstungsverhandlungen zwischen den Supermächten und das Risiko eines neuen nuklearen Wettrüstens. Sollten sie doch, diese Idioten, sollten sie doch immer mehr jener verheerenden Waffen bauen, die im mehrfachen Overkill die Erde unbewohnbar zu machen in der Lage waren. Mackie verspürte keine Lust zu sterben, aber er war sich doch im Klaren, dass andere deutlich mehr zu verlieren hatten als er. Diese ganze Arroganz im thermonuklearen Feuer verglühen zu sehen war für Mackie etwas, das den Overkill schon fast wieder in einem für ihn positiven Licht erscheinen ließ. Mochten die Politiker schwätzen, was immer sie wollten, die Wasserstoffbombe blieb der große Gleichmacher. Sie würde alles auslöschen, selbst die Schatten, wenn sie selbst die Nacht in einem Blitz zum Tage machte, aber sie würde nicht unterscheiden zwischen denen, die im Schatten und denen, die im Lichte der Gesellschaft lebten. Sie würden einfach sterben, alle, aber die einen würden dabei zugleich deutlich mehr als die anderen verlieren. Zudem war sich Mackie sicher, dass, sollte es doch Überlebende geben, Leute wie er in der Anarchie der postapokalyptischen Welt deutlich besser zurechtkommen würden als die selbsternannten Herren der Welt. Auch dies waren müßige Gedanken, aber Mackie genehmigte sie sich, zielten sie doch auf das zentrale Motiv des Tages ab: Die Verlogenheit.

Die Verlogenheit, die Bigotterie, kurz alles, was er an der Welt jenseits der Schatten so hasste, projizierte er in das Bild, das ihm der Bildschirm in seinem Internetcafé als Ergebnis seiner Recherche zeigte. Und zugleich wusste er auch, wie er sich rächen würde. Die Rache würde nicht so spektakulär ausfallen wie in seinen infantilen Allmachtsphantasien, mithin weder in Form einer unter Folter erreichten Sinnesdeprivation erfolgen noch durch einen alles verheerenden Atomschlag. Nein, er würde sich auf einem Gebiet rächen, in dem er sich auskannte. Denn wenn es ein Feld gab, dass Mackie wohl noch besser beherrschte als die Klaviatur der käuflichen Lust, dann war es die Erpressung. Ja, er würde ihn erpressen, seinen vermeintlichen Geschäftspartner Egbert-Frank, oder, wie er es nun ja eindeutig am Bildschirm vor sich sah, den Staatsanwalt Frank Schüffner.

8. Allein

> „[…] Ich kann uns nicht helfen – mein zweites ich
> Zerstörte die Träume und zerstörte dich
> Ich wehrte mich doch es blieb in mir wach
> Zu schwach für den Tag und zu stark für die Nacht […]“
> *Tanzwut,* **Augen zu**

Dienstag, 03. April 2018

Es herrschte lichtlose Nacht in Franks mit schweren Vorhängen dicht zugezogener dienstlicher Nebenwohnung, in der er, von nicht minder drückenden Gedanken wachgehalten, schlaflos allein in seinem Bett lag. Dabei versuchte er zugleich die Übelkeit niederzukämpfen, die die antimikrobiellen Medikamente, die er vor dem Zubettgehen zu sich genommen hatte, nun in ihm auslösten. In Ergänzung zu der Tenofovir/Emtricitabin-basierten HIV-Präexpositionsprophylaxe, die er zur Absicherung seiner sexuellen Abenteuer sowieso einnahm, hatte er sich von seinem inzwischen als Arzt arbeitenden Studienkollegen notfällig Antibiotika aufschreiben lassen, um den aktuellen Zwischenfall möglichst nicht durch für Victoria auffällige Spuren zu verkomplizieren. Sein Studienfreund hatte ihm erklärt, auf welche Weise ihn die eingenommenen Substanzen Cefpodoxim-Proxetil, Ciprofloxacin und Azithromycin vor zwar heilbaren aber mit verräterischen Spuren vergesellschafteten bakteriellen Infektionen wie Tripper, Syphilis, rektaler Entzündung durch Chlamydien und ähnlichen unter Mitberücksichtigung häufiger Resistenzen schützen sollten. Frank hatte nicht viel davon verstanden, die Substanzen aber dankbar eingenommen. Wie schwer es sein würde, dieses Gemisch im Magen zu behalten, hatte ihm sein fürsorglicher Freund leider verschwiegen. Die nur langsam abklingenden Nebenwirkungen des Sildenafil/Viagras, das er am Vorabend eingenommen hatte, als er noch glaubte, sich auf das bevorstehende Erlebnis freuen zu können, und das ihm aufgrund der gefäßerweiternden Wirkung nun auch noch bohrende Kopfschmerzen bereitete, machten die Situation nicht besser.

Aber es war mehr als bloß die Folge der Polypharmazie, was Frank schwer im Magen lag und ihn am Einschlafen hinderte. Die durchaus nicht gespielte Doppelvergewaltigung, die er über sich hatte ergehen lassen müssen, war deutlich härter gewesen als das gelegentlich praktizierte Rapeplay, schlimmer jedoch war, dass es überhaupt dazu hatte kommen können und dass es noch längst nicht vorbei war. Als Mackie ihn für den Abend, an dem er in der Tat frei und nichts vorgehabt hatte, einlud, hatte er einen der üblichen Orgienabende erwartet, die ihm Vergnügen und Mackie harte Euros einbrachten. Stattdessen hatte er den Luden in dem nicht aufgeräumten und nur spärlich beleuchteten Appartement alleine angetroffen und dieser war auch gleich zur Sache gekommen.

Frank war es nicht gelungen, seine Mimik unter Kontrolle zu behalten, als Mackie ihn mit seinem vollen Namen und seiner Dienststellung bei der Staatsanwaltschaft ansprach und ihm eine Reihe von Fotoabzügen entgegenhielt, die ihn in mehr als eindeutiger Pose zeigten. Die Bilder mussten auf einer der vergangenen Orgien entstanden sein; dieses erpresserische Dreckschwein hatte ihn heimlich abgelichtet. Mackie konnte nicht entgangen sein, wie Frank angesichts des gerade Erlebten alle Farbe aus dem Gesicht wich, und er genoss es sichtlich. Auf Franks gestammelte Frage, was das denn alles solle, hatte er nur mit stählernem Blick zurückgefragt, wonach es denn aussähe. Dann hatte er erklärt, dass er keine Beamtenschnüffler in seinem Umfeld dulde. Nachdem sich Frank aber nun einmal auf hinterlistige Weise in seine Welt eingeschlichen habe, könne es darin für ihn nur eine Rolle geben, nämlich die als Mackies Bitch, als seine dreckige kleine schwanzlutschende Analhure.

Als Frank auffahren und Mackie sagen wollte, er solle gefälligst den Scheiß lassen, spürte er, wie ihn starke Hände auf seinen Schultern wieder zurück in den Sitz pressten. Es war ihm zuvor in dem Halbdunkel gar nicht aufgefallen, dass sich noch eine zweite Person im Raum aufhielt, die ihn nun unbarmherzig festhielt, während Mackie einfach aufstand, zu ihm herumkam und ihm wortlos eine schallende Ohrfeige versetzte. Frank, für den körperliche Gewalt alles andere als selbstverständlich war, reagierte wie von dem Luden erwartet völlig perplex. Wortlos holte Mackie nun seinen eindeutig ungewaschen riechenden Schwanz aus der Hose und hielt ihn seinem Opfer zum Blasen hin. Der Druck der Hände auf seinen Schultern nahm zu und Frank öffnete eingeschüchtert den Mund, worauf ihm der Lude sein ungewaschenes Teil bis zum Zäpfchen in den Rachen stieß, so dass Frank mit einem heftigen Würgereiz reagierte, wobei ihm der Geifer am Mundwinkel herunterlief.

Trotz allem war er sich des Ernstes der Lage immer noch nicht bewusst und hielt das Ganze für eines von Mackies exzentrischen Spielen, das zwar deutlich an die Grenzen ging, im Ganzen aber doch eine vergnügliche Erfahrung sein konnte. Also spielte Frank mit und blies dem Luden ohne weiteren Ermunterungsbedarf den Schwanz, wie er es nicht zum ersten Mal getan hatte. Plötzlich merkte er, dass die Hände auf seinen Schultern verschwunden waren und sich stattdessen nun auch eine zweite Eichel an seine Lippen drängte. Frank wollte auffahren; Mackie sollte doch eigentlich wissen, dass er Schwänze von unbekannten und ungetesteten Klienten nie ungeschützt blies. Aber er fing sich bloß eine zweite, diesmal deutlich derbere Ohrfeige ein und öffnete daraufhin bereitwillig weiter den Mund, so dass nun auch der zweite Schwanz, der eine beträchtliche Größe aufwies, ohne Gummi in seiner Mundhöhle mit aus- und einfuhr. Dabei bemerkte Frank zu seiner eigenen Überraschung, dass ihn die Situation noch immer keineswegs in der Weise beunruhigte, wie sie es vielleicht sollte. Das Sildenafil/Viagra tat sein übriges und Franks Schritt begann sich spontan durch eine Erektion zu beulen.

Mackie war diese Entwicklung nicht entgangen und er quittierte sie mit einem maliziösen: „Schau mal, unserer kleinen schwanzlutschenden Analhure scheint es zu gefallen, was wir mit ihr machen. Ausziehen!" Immer noch an ein Spiel glaubend, kam Frank der Anweisung nach und saß kurz darauf nackt vor dem Luden und dem fremden Typen, der bisher noch kein Wort von sich gegeben hatte. Statt nun in Richtung Schlafzimmer zu gehen, bedeutete Mackie Frank, sich mit rausgestrecktem Po über die Sessellehne zu legen und dabei weiter an seinem Schwanz zu saugen.

Wenn Frank damit gerechnet hatte, dass der andere Typ nun Gleitcreme holen und sich ein Gummi überziehen würde, sah er sich getäuscht. Stattdessen spürte er einen mit Spucke angefeuchteten Finger an seiner Analrosette und kurz darauf drängte sich die fette Eichel des Fremden an sein noch immer wenig benutztes Loch, während Mackie ihn weiter tief oral penetrierte. Der Wahnsinnige würde doch nicht etwa zulassen, dass dieser völlig unbekannte und nichtgetestete Klient ihn ungeschützt penetrierte? Hatte Mackie völlig den Verstand verloren? Doch Franks Frage sollte sich sogleich beantworten, als der Fremde mit einem harten Stoß erst die Eichel, dann sein riesiges Glied in seinem Rektum versenkte und ihn anschließend mit brutalen Stößen durchrammelte, während der Lude mitleidlos auf ihn herabblickte. Durch die Last des schweren und massigen Fremden, der sich mit seinem gesamten Gewicht auf Franks Becken abstützte, konnte dieser sich dabei kaum bewegen und musste die Gewalt hilflos über sich ergehen lassen. Der Fick war brutal und Frank spürte nur Schmerz in seiner kaum vorbereiteten Rosette, während der Unbekannte nun doch den Mund aufmachte, um mit unflätigem Vokabular und immer wieder durch Stöhnen unterbrochen die Enge in seinem Hintern zu preisen. Franks eigener Schwanz war sofort wieder klein geworden, sobald aus masochistischem Spaß Ernst geworden war und der Schmerz die Lust vollumfänglich verdrängt hatte. Schließlich spürte Frank, wie sich Mackie in dicken, klebrig-zähen

Schüben in seinem Mund ergoss und dabei den Schwanz drinnen behielt, so dass er die salzige Brühe wohl oder übel schlucken musste, wenn er nicht ersticken wollte. Währenddessen begann der brutale Ficker hinter ihm immer intensiver zu stöhnen und ehe Frank es sich versah, begann das riesige Glied in seinem Rektum zu zucken und der Fremde spritzte ihm eine volle Ladung Sperma in seinen Po. Dann zog er seinen postorgastisch kleiner werdenden Penis mit einem letzten, schmerzhaften Ruck aus Franks Poloch und dieser merkte, wie eine klebrig-warme Brühe aus seinem After hinaus und an seiner Schenkelinnenseite herunterlief. Seine beiden Peiniger hatten sich für die Vergewaltigung noch nicht einmal ausgezogen.

Mackie bedeutete Frank, sich ohne zu duschen seine Kleidung wieder anzulegen, woraufhin sich das immer noch aus seinem Rektum rinnende, mit seinem eigenen Blut vermengte Sperma des Fremden nun in seiner Unterhose sammelte und dort eine ihn seltsam peinlich berührende Nässe verursachte. Während der Fremde Frank nun unsanft aus dem Appartement bugsierte, erklärte Mackie in sardonisch guter Laune, dass dies selbstverständlich erst der Anfang gewesen sei und Frank sich darauf einstellen solle, zukünftig häufiger die Rolle als devote kleine AO-Hure für seine ganz speziellen Gäste zu spielen. Zudem solle er sich bloß nicht einreden, dass dies eine Vergewaltigung gewesen sei und die Fotoabzüge, die er ihm gezeigt habe, seien selbstverständlich nur Kopien. Franks ganzes Martyrium hatte nicht einmal dreißig Minuten gedauert, nach denen er sich im kühlen Aprilregen wieder auf der Straße und auf dem Weg nach Hause befand.

Dort angekommen, tat Frank etwas, dass er sich hinterher selbst nicht mehr rational erklären konnte. Er stellte sich unter die warme Dusche, lutschte an der spermagefüllten Unterhose, die zudem von rot-braunen Sprenkeln gezeichnet war, und holte sich dabei einen runter. Die Erfüllung des Höhepunkts seiner fetischistischen Phantasie in Kombination mit maximaler Demütigung hatten eine Spannung in ihm aufgebaut, die im sicheren Umfeld seiner Wohnung nun nach Erleichterung verlangte, die Frank in Mackies Appartement verwehrt worden war. Im Anschluss, nachdem er mit einem an Hysterie grenzenden Schrei zum Orgasmus gekommen und sein Sperma in kräftigen Schüben an das Milchglasfenster gespritzt hatte, sackte er in der Duschkabine in sich zusammen und begann zu heulen, bis er vor Schluchzen kaum noch Atem bekam.

Nachdem die Spannung gelöst war, kam mit brutaler Klarheit die Erkenntnis, dass er sich einem kriminellen Psychopathen ausgeliefert hatte und nun sehen musste, wie er damit fertig wurde.

Nachdem er sich wieder einigermaßen beruhigt hatte, sagte ihm der noch immer rational arbeitende, analytische Teil seines Bewusstseins, dass es weiterhin in erster Linie auf Spurenverwischen und Schadensbegrenzung ankam, wenn er wenigstens noch einen Teil seines alten Lebens retten wollte. So geil die Situation, von einem völlig Fremden ungeschützt in den Arsch gespritzt zu bekommen, den masochistischen Teil seiner Persönlichkeit auch gemacht hatte, so war ihm doch klar, dass dies gefährlich war und nun Risikominimierung auf der Tagesordnung stand. Entsprechend rief er seinen nun als Arzt praktizierenden Studienfreund an, um zu erfahren, welche Medikamente er nach einem unvorsichtigen Gelegenheitsabenteuer benötigen würde. Von der Gewalterfahrung erzählte Frank dabei nichts und sein Bekannter war zu diskret, um mit neugierigen Fragen nachzubohren.

Nachdem Frank seine Angst vor Ansteckung medikamentös gedämpft hatte, blieb dennoch die Erkenntnis, dass er erkannt worden war und nun sexuell erpresst wurde. Er ertappte sich bei dem Gedanken, dass dies früher mal eine Wichsphantasie von ihm gewesen war, jedoch waren erotische Phantasterei und brutale Realität zwei völlig verschiedene Welten. Obsessionen hatten nur solange Bestand, wie sie von der Wirklichkeit nicht übererfüllt wurden. Doch genau diese Situation war für ihn nun eingetreten. Durch Mackies Erpressung war Frank von der Position dessen, der die Obsession in für ihn lustvoller Weise dosieren und somit an seine Bedürfnisse anpassen konnte, in eine des Ausgeliefertseins geraten, die anderen die Gestaltung überließ. Und Mackies Wahl der Intensität lag ganz eindeutig jenseits von Franks Antizipationsniveau.

In einem Gefühl stummer Resignation fragte sich Frank, an welchen Stellen er die Fehler begangen hatte oder ob es in jedem Fall so hätte kommen müssen. War Erpressbarkeit die unvermeidbare Konsequenz der Notwendigkeit, sich selbst zu verstellen und zu verleugnen, wenn man Ziele jenseits des armseligen Niveaus erreichen wollte, das die Gesellschaft einem von sich aus zubilligte und wenn man dabei nicht zu den wenigen Begnadeten gehörte, denen die Gelegenheiten praktisch ohne eigenes Zutun zuflogen? War es verdammungswürdiges Sehnen gewesen, das ihn nun in diese Situation versetzt hatte? Dass er ein wenig Lust erleben wollte und sich dabei etwas Diskretion gewünscht hatte, um die Frau nicht zu verletzen, die er nichtsdestotrotz liebte, diese Liebe jedoch in einer anderen Facette seines Lebens verortete? Der damit verbundene diametrale Widerspruch war nur durch das Konstrukt der Lüge zu lösen gewesen, die aus Franks Sicht als kulturelle Errungenschaft per se das Element war, dessen Befähigung den Menschen wahrhaft vom Tier unterschied. Als Mensch war man in der Lage, in zwei oder mehr scheinbaren Wahrheiten widerspruchsfrei gleichzeitig seinen Rollenerwartungen nachzukommen. Und war es, wenn man Unübliches wollte, nicht letztlich einzig die Lüge und die Verschleierung der Wahrheit hinter äußerem Schein, die es einem erlaubte, in einer Umgebung, die Abweichlertum subtil oder offen sanktionierte, halbwegs gesellschaftsfähig zu bleiben? Gleichzeitig bargen diese Lügenkonstrukte das Potenzial für Erpressung, wenn sie entlarvt wurden, wie es ihm nun schließlich ergangen war. Dennoch blieb die Frage, wessen Devianz dieses resultierende Erpressungspotenzial denn wirklich reflektierte, seine individuelle oder die einer Gesellschaft, deren Rahmenbedingungen auf Sanktion und Suppression setzten?

Frank hatte durchaus damit gerechnet, dass das Lügenkonstrukt seines Doppellebens irgendwann in sich zusammenbrechen würde. Er hatte gehofft, dass es nicht so schnell passieren würde und den Gedanken zudem immer von sich weggeschoben, um sich nicht mit den erwartbar daraus resultierenden Konsequenzen auseinandersetzen zu müssen. Frank hatte dabei gewusst und entsprechend wissentlich und willentlich in Kauf genommen, dass Spaßhaben in einer immer anhedonistischer werdenden Gesellschaft nur um den Preis eines gewissen Risikos realisierbar war. Und er war bereit gewesen, dieses Risiko einzugehen, gleichsam als Gegenmodell zur immer populärer werdenden Idee der Übersicherheit in der Gesellschaft, mit der sie sich jedes Lustpotenzial nahm. Frank hatte dieses Sicherheitsbedürfnis nie ganz nachvollziehen können, mit dem sich die Menschen seiner Wahrnehmung nach in die Rolle von Zootieren begaben; langlebig zwar, jedoch selbst lebend eigentlich bereits tot. Frank hatte niemals lebendig tot sein wollen, selbst in der aktuellen Situation nicht, so kompliziert sie auch sein mochte. Einen brutalen Arschfick konnte man überleben, aber ein Leben ohne jede Perspektive auf etwas anderes als angepasste Tristesse? Was sollte der Grund sein, letztere Perspektive überhaupt er- und überleben zu wollen?

Freiheit versus Sicherheit war wohl der älteste Konflikt, den es in der zivilisatorischen Geschichte gab und Frank hatte ganz klar seine Präferenzen auf der Seite der Freiheit. Nichtsdestotrotz machte er sich keine Illusionen, dass er damit eine Minoritätenmeinung vertrat und dass der Großteil seiner Mitmenschen, anderslautenden Lippenbekenntnissen zum Trotz, durchaus bereit war, für ein Minimum an zugewonnener Sicherheit seine Freiheiten und mehr noch, gleichsam auch die Freiheiten der Mitmenschen aufzugeben. Die Idee der Freiheit befand sich auf dem absteigenden Ast, nicht, weil Menschen sie abstrakt nicht mehr erstrebenswert fanden, sondern weil sie so alltäglich und damit gleichgültig für sie geworden war, dass sie sie nicht mehr als einen verteidigungswürdigen Wert begriffen. Sie waren nicht mehr bereit, dafür etwas zu riskieren und für viele, die nur noch zwischen der Tristesse einer unbefriedigenden Lohnarbeit und der Tristesse eines in Ritualen erstarrten Familienlebens pendelten, mochte sie sowieso kaum mehr sein als die Dekadenz von ein paar zahlungskräftigen Libertins. Diese Libertins verachtete die Gesellschaft vermeintlich, in Wahrheit empfand sie Neid. Konstruktiv oder freiheitsförderlich war von beiden Emotionen keine.

Zugleich waren sie außerordentlich sendungsbewusst, jene selbsternannt guten Menschen der Gesellschaft mit zwei Kindern, Haus, Hecke und Hund. Indem sie etwas für die Gesellschaft taten, was für sie meist darin bestand, ihr Umfeld in ihr zweifelhaftes Narrativ eines vermeintlich glücklichen Lebens einzuspinnen, machten sie es sich wohl selbst leichter, an ihren eigenen Selbstbetrug zu glauben. Frank hatte immer Angst vor jenen guten Menschen gehabt, die etwas für ihre Gesellschaft tun wollten und denen doch zugleich Reflexionsfähigkeit und Einsicht fehlten zu erkennen, dass in einer pluralen Gesellschaft der Himmel des einen notwendigerweise die Hölle des anderen sein musste und jeder Konformitätszwang somit nur zu Unglück führen konnte. Sendungsbewusstsein nahm denen, die Unübliches wollten, ihre Nischen und den guten Menschen die Gefahr, durch Gegenbeispiele am scheinbar so unverrückbaren Postulat ihres Gutseins zweifeln zu müssen.

Der illiberale Kampf gegen die Freiheit besetzte dabei zunehmend die Nischen, in denen man Menschen Freiheitsverzicht mit der Illusion eines höheren Guts verkaufen konnte. Frank zweifelte nicht daran, dass der Klimawandel ein reales Phänomen war, anders als die immer radikaler auftretende Naturschutzbewegung war er aber keineswegs der Meinung, dass man diesen Prozess wirklich um jeden Preis aufhalten sollte. Wem half schon die Rettung der Welt, wenn man in der geretteten Welt nur noch existieren, nicht aber mehr würde leben können? Das schon in den Siebzigerjahren des vorausgegangenen Jahrhunderts vom Club of Rome herausgearbeitete Problem, dass die Katastrophen schlicht daher rührten, dass es zu viele Menschen auf dem Planeten gab und ihre Zahl noch immer weiter zunahm, wurde aufgrund von politischer Korrektheit ja doch ausgeblendet. Es war und blieb das Tabu der Zeit. Wer brächte es auch übers Herz, hoffnungsfroh demonstrierenden Kindern auf den Straßen zu erklären, dass ihre bloße Existenz wesentlicher Anteil des von ihnen angeprangerten Problems war. Stattdessen ließen sie sich von den Rattenfängern instrumentalisieren, um die Freiheit der Vielen einzuschränken und aus Angst vor dem Tod das Leben abzuschaffen.

Frank glaubte weder an ein natürliches Bedürfnis aller Menschen nach Freiheit noch daran, dass aus der Geschichte irgendetwas gelernt würde. In Situationen, in denen die Gesundheit und möglicherweise sogar das Leben von Menschen in ungewohntem Maße bedroht waren, da war Frank sich sicher, tendierten Gesellschaften dazu, robuste Gegenmaßnahmen zu ergreifen, um die vermeintlichen oder realen Gefahren einzudämmen, sei es nun terroristische Gewalt, Klimaänderungen oder neue Krankheitserreger. Die Isolation des „Unreinen" wurde den Menschen schon im fünften Buch Mose, Kapitel 23, Verse 12 bis 15 nachdrücklich ans Herz gelegt und so viel weiter hatte sich die Gesellschaft seither nicht entwickelt. Und „unrein" wurde allzu schnell alles, was nicht in den Konsens des Mainstreams passte.

Die solcherart erreichte Verabsolutierung der Werte Leben und körperliche Unversehrtheit ging jedoch, wenn man diesen Ansatz konsequent verfolgte, in realen oder postulierten Krisenzeiten notwendigerweise mit einer zumindest vorübergehenden Einschränkung oder gar dem Verlust konkurrierender Werte einher, wobei insbesondere die vermeintlich selbstverständlichen Freiheitsrechte zu nennen waren. Da Freiheit jedoch als ein wichtiges Element der Menschenwürde angesehen werden konnte und da verschiedene ethische Kodizes der menschlichen Würde sogar

einen höheren Wert zubilligten als so unbestreitbar wertvollen Gü-
tern wie Gesundheit und Leben, erschien die Berechtigung zu Einschränkungen oder Verlust der Freiheit Frank aus ethischer Sicht
zumindest diskussionswürdig. Dies galt insbesondere dann, wenn
solche Einschränkungen protrahiert oder gar von unbefristeter
Dauer in Aussicht gestellt wurden. Und wer konnte schon sagen,
wann eine Klimakatastrophe wirklich abgewendet war oder keine
terroristische sowie infektiöse Gefahr mehr drohte? Frank sah einfach die Perspektive in der die Sicherheit verabsolutierenden Ar-
gumentation nicht, insbesondere, wenn das zugrundeliegende
Problem der zunehmenden Bevölkerungsdichte selbst nicht ange-
gangen wurde.

Der optimistische Teil von Frank hoffte darauf, dass es auch
eine Gegenbewegung geben würde. Historisch gab es immer wieder auch Epochen, in denen Menschen die These akzeptiert hatten,
dass die Wahrung oder der Erwerb von Freiheit tatsächlich ein ge-
wisses Lebensrisiko rechtfertigten, während solche Denker umgekehrt einer unfreien Existenz nur wenig individuellen Wert hätten
abgewinnen können. Da jedoch Wert individuell definiert wurde
und kein archimedischer Punkt existierte noch existieren konnte,
von dem aus sich kontextfrei bestimmen ließ, was von allen Individuen einer Gesellschaft als wert und wichtig angesehen werden
sollte, konnte nur eine offen geführte Debatte – gleichwohl kontextualisiert – einen mittelfristig tragfähigen Konsens herbeiführen. Eine solche neutrale Debatte sah Frank jedoch nicht, stattdessen wurde Menschen Angst gemacht und Angst führte niemals zu
tragfähigen Entscheidungen.

Ein anderer Trick der Illiberalen bestand darin, ihre engstirnige
Ideologie unter dem Deckmantel des Schutzes für die Bevölkerung
zu präsentieren. Frank hatte als Jurist mit einigem Entsetzen beobachtet, wie innerhalb weniger Jahre die Prostitution als ältestes
Gewerbe in einem europäischen Land nach dem anderen verboten
oder sinnlos erschwert wurde. Da aber eine offene Diskriminierung in einer vermeintlich so säkularen, aufgeklärten Gesellschaft
nicht ohne weiteres möglich war, wurde faktische Diskriminierung
bestimmter Sexualvarianten durch eine punitive Gesetzgebung als
sozial wünschenswerte Schutzmaßnahme deklariert. Die sogenannte „Kondompflicht" für Prostituierte in Franks Heimatland,
die im Juli 2017 mit dem § 32 des Prostitutionsschutzgesetzes für
kommerzielle sexuelle Kontakte in Kraft getreten war, war dabei

nur ein Beispiel. Im Gesetz waren Sanktionen sowohl für Sexarbeiter als auch ihre Klienten bei registriertem Verstoß vorgesehen, eine Regel, die Frank und Mackie bisher nach Kräften unterlaufen hatten.

Bereits vor Inkrafttreten war, von der breiten Öffentlichkeit - wenn überhaupt - nur am Rande wahrgenommen, ein heftiger Diskurs über die Legitimität einer punitiven Gesetzgebung, die dergestalt tief in die Privatsphäre mündiger Individuen eingriff, geführt worden. Frank hatte als Experte mit gleichsam privatem Interesse daran diese Debatten verfolgt. Am Ende war es eine Güterabwägung gewesen, die für den Gesetzgeber den Ausschlag gegeben hat, wobei die Wichtung klar politisch motiviert war.

Im konkreten Fall setzte sich die konservative Sichtweise durch, die durch den gesetzlich verpflichtenden Kondomgebrauch bei gewerblicher Sexualität eine Reduktion der Transmission von Geschlechtskrankheiten erzwingen wollte. Als alleinige Begründung hätte dies jedoch in das argumentative Dilemma geführt, dass eine präventive Fokussierung auf die kommerzielle Sexarbeit eine schwer zu begründende Diskriminierung gegenüber nichtkommerziellen Risikogruppen implizierte. Daher wurde seitens der Verfechter der neuen Rechtsnorm das schwer belegbare aber ebenso schwer zu widerlegende argumentative Hilfskonstrukt ins Feld geführt, die sogenannte tabulose oder AO- bzw. alles ohne-Sexarbeit, mit anderen Worten der kommerziell motivierte Geschlechtsverkehr ohne Kondomschutz, sei eine Dienstleistung, die praktisch ausschließlich im Umfeld der gesetzeswidrigen Zwangsprostitution angeboten würde.

Die Gegner der Kondompflicht hatten, wie Frank sich erinnerte und aus eigener Erfahrung bestätigen konnte, diese Assoziation mit dem Verweis bestritten, dass sexuelle Risikopraktiken durchaus auch jenseits kommerzieller Sexualität gelebt würden, so dass eine Zwangslage der Sexarbeiter hier keineswegs automatisch unterstellt werden könne. Da einvernehmliche sexuelle Handlungen zwischen einwilligungsfähigen Individuen jedoch ethisch der wertneutralen Klasse angehörten, ließ dies eine gesetzgeberische Intervention zumindest unter ethischen Gesichtspunkten fragwürdig erscheinen. Die analytische Philosophie rechnete den Körper der Sexarbeiter in die Kategorie des Eigenbesitzes derselbigen, über den sie frei verfügen konnten, ohne dafür die Gesellschaft um Erlaubnis fragen zu müssen. Der so abstrakte wie nichtintuitive

Einwand, es handele sich bei der Sexarbeit nicht um die Vermietung des eigenen Körpers als Objekt, sondern um einen Handel mit der abstrakten Entität des eigenen Selbst, war Frank von Anfang an unglaubwürdig erschienen. Als philosophischer Materialist glaubte er an kein Selbst als eigenständige Entität und selbst wenn, war ihm doch uneinsichtig, warum er es nicht nach eigenem Ermessen und mit der ständigen Möglichkeit des Ausstiegs aus dem Geschäft dennoch vermieten können sollte. Er war schließlich, trotz Mackies anderslautender Wunschvorstellungen, kein Sklave.

Wenn sich jedoch die argumentativ schwer nachvollziehbare Assoziation zwischen AO-Sexarbeit und Zwangsprostitution als unhaltbar erwies, entlarvte sich nach Franks Auffassung eine selektive Kondompflicht für kommerzielle Sexualität als eine sowohl präventivmedizinisch als auch ethisch schwer begründbare Diskriminierung selbiger im Vergleich zu anderen, nichtkommerziellen risikoträchtigen Spielarten des Sexuellen. Dass Zwangsprostitution unabhängig vom Kondomgebrauch ethisch verwerflich und juristisch illegal war, stand ja sowieso außer Frage, so dass Gesetzeskritiker wie Frank in der Kondompflicht eher den Versuch sahen, die Verantwortung für die Unterbindung von Zwangsprostitution vom Rechtsstaat auf die einzelnen Klienten zu verlagern. Die HIV-Prävention konnte nur ein Feigenblatt sein, hatte doch selbst das Robert-Koch-Institut als höchste deutsche Gesundheitsbehörde 2011 bei deutschen Sexarbeiterinnen eine HIV-Prävalenz von lediglich 0.2% und damit gerade mal doppelt so hoch wie in der Vergleichspopulation der deutschen Bevölkerung nachgewiesen. Offenbar hatte die HIV-Prävention der deutschen Sexarbeiterinnen auch vor Inkrafttreten des Prostitutionsschutzgesetzes im Großen und Ganzen funktioniert, was die Begründbarkeit einer besonderen Schutzbedürftigkeit infrage stellte. Zwar lag der Anteil sonstiger Geschlechtskrankheiten etwas höher als in der sogenannten Normalbevölkerung; es handelte sich jedoch überwiegend um therapeutisch kurativ sanierbare Erkrankungen, die kaum eine drastische Freiheitseinschränkung rechtfertigten.

Frank war sich sicher, durch die punitive Gesetzgebung würde die AO-Prostitution nicht verschwinden, sondern lediglich in die Unsichtbarkeit der Illegalität abgedrängt werden, was Prävention eher erschweren als befördern würde. In der Tat waren, wie die Mitarbeiter von der Sitte berichtet hatten, klassische Szenecodewörter wie AO, tabulos, sowie Frank vorher selbst unbekannte

Kürzel wie cip für cum-in-pussy oder cia für cum-in-ass weitgehend von den Internetportalen der Kommerziellen verschwunden beziehungsweise noch weiter verklausuliert worden. Dabei waren die negativen Auswirkungen von Illegalität in Deutschland aus der Zeit des § 175 des Strafgesetzbuchs, der sexuelle Handlungen zwischen Personen männlichen Geschlechts unter Strafe gestellt hatte, doch hinreichend bekannt: Fehlender Schutz und Erpressbarkeit der Betroffenen. Die moralsauren Freunde der Kondomplicht mochten vielleicht dahingehend ihrem Ziel näher kommen, dass durch diskriminierende Repressalien dem konservativen Modell kanonischer Sexualität ein zuvor niedrigschwellig erreichbares und zugleich interessantes kommerzielles Angebot nun lediglich schwerer, höherschwelliger und letztlich krimineller entgegengestellt werden konnte. Es ließ sich nicht leugnen, die Zeichen standen auf Repression.

Als Fetischist wusste Frank sehr gut, dass das scheinbar harmlose Insistieren auf der dünnen Latexhülle durchaus hochpolitisch war. Zwar schien es ihm auch unzulässig vereinfachend, kondomassoziierte Einschränkungen der sinnlichen Wahrnehmung des Sexualakts entweder ganz zu verschweigen oder als unwesentlich zu banalisieren. Selbstverständlich hatte eine – wie dünn auch immer gestaltete – Latexhülle Einfluss auf die taktile Perzeption im Genitalbereich, die je nach individueller Sensibilität als mehr oder minder störend empfunden werden konnte. Trotzdem war Frank klar, dass die verbreitete Ablehnung der dünnen Latexschicht und die Bereitschaft mancher Klienten, von denen er ja auch einige bei Mackie persönlich kennengelernt hatte, dafür erhebliche Mehrkosten in Kauf zu nehmen, ohne antizipative Grundlage schlichtweg schwer zu begründen waren. Hier spielten sowohl der Fetischismus als auch die Geschichte kondomgestützter Prävention einschließlich ihrer dunkleren Kapitel, die Frank aufgrund seiner eigenen Neigungen nur allzu gut kannte, eine Rolle.

So wurde von der Politik gerne verschwiegen, dass die guten Erfolge der Kondomwerbekampagnen in den 80er und 90er des vergangenen Jahrhunderts der Tatsache geschuldet waren, dass eine HIV-Infektion bei fehlenden oder insuffizienten Therapieoptionen in dieser Zeit eine sehr real lebensbedrohliche Situation dargestellt hatte. Die assoziierte Todesangst verband sich mit einem politischen Zeitgeist, in dem Maßnahmen der Repression und der Stigmatisierung zur Epidemieeindämmung in erschreckend offener Weise verbalisierbar waren. Entsprechend war es in den 80ern und 90ern ein Klima der Angst, keineswegs eines der bejahenden Einsicht oder gar der lustvollen Implementierung in den Sexualakt gewesen, das den großen Durchbruch der kondomgestützten Prävention beförderte. Demzufolge verwundert es Frank auch keineswegs, dass sich nach der Einführung wirksamer Therapien zur erfolgreichen Dauersuppression von HIV die Risikokollektive gemüßigt sahen, sich dem als lästige Pflicht empfundenen präventiven Diktat des Latexkondomgebrauchs zu entziehen und dafür Anstiege im Bereich der heilbaren Geschlechtskrankheiten wie etwa der Syphilis in Kauf zu nehmen.

Was, wie Frank aus eigener Erfahrung selbst nur zu gut wusste, dazukam, war die fetischistische Komponente. Anders, als einige asexuelle Gesetzgeber glauben mochten, war sexuelle Interaktion eben typischerweise kein rein mechanischer Akt, bei dem ein marginaler Sensibilitätsverlust durch eine Latexhülle ja durchaus hätte in Kauf genommen werden können. Vielmehr übte Antizipation einen ganz entscheidenden Einfluss auf das sexuelle Erleben aus, ein Phänomen, das selbst im Tierreich hatte gezeigt werden können. So waren es individuelle antizipatorische und fetischisierende Faktoren, die einen Lustgewinn am ungehinderten Austausch von Körperflüssigkeiten unterstützten, sei es beim verliebten Blümchensex oder dem lustvollen Spiel mit Macht und Unterwerfung. Frank hatte anfangs über die infantil wirkenden Szenebegriffe lächeln müssen, wenn verniedlichend von Creampie bzw. Sahnetörtchen oder, wenn mehrere Partner beteiligt war, auch von „Schlammschieben" bzw. neudeutsch „sloppy seconds" gesprochen wurde, was mit Kondomgebrauch natürlich unvereinbar war. Auch das lustvolle Fetischisieren der bewussten Inkaufnahme des Risikos einer ungewollten Schwangerschaft, was die Szeneleute unter pregnancy risk zusammenfassten, hatte Frank bei einem Pärchen, das Mackies und seine Dienste in Anspruch genommen hatte, erleben können. Das Spektrum des Erlebbaren war einfach breit. Frank bedauerte es zutiefst, dass er keine Fetische mit Victoria teilen konnte und ihre Liebe mithin platonisch blieb. Ganz offen beneidete er die Pärchen, die bewusst oder unbewusst durch einen sexuellen Fetisch verbunden waren, trugen solche Fetische doch nicht selten zur Stabilität sexueller Dauerbeziehungen bei, wie ja auch die sogenannten sexuell-perversen Lüste zu den intensivsten überhaupt gerechnet werden mussten. Auch dafür brauchte es Freiheit.

Für Frank war es die Zeit der Kooperation mit dem Luden Mackie gewesen, die ihm seinem Ideal maximaler Lust am nächsten gebracht hatte, nun zuletzt um den Preis maximaler Demütigung. Doch nun war der Zuhälter zu weit gegangen. Frank wusste, dass er sich Mackies Erpressung nicht unterwerfen durfte, auf gar keinen Fall, was immer ihn der Widerstand dagegen auch kosten würde. Mackies Verhalten war nicht von Dekadenz gekennzeichnet; mit Dekadenz hätte Frank sehr gut leben können, sondern von Destruktivität. So konnte und durfte es daher auf keinen Fall weitergehen. Dabei war es noch nicht einmal so, dass der masochistische Teil von Franks Lust mit der Rolle von Mackies schwanzlutschendem Analsklaven nichts hätte anfangen können, ganz im Gegenteil, wie die Spermaflecke am Milchglas seiner Duschkabine bewiesen. Der Schutz von Franks Familie wog da schon deutlich schwerer, wenn Mackie ihn jetzt von irgendwelchen nichtgetesteten Fremden durchrammeln ließ, um ihn zu demütigen. Frank wollte keinesfalls eine Geschlechtskrankheit von seinen Abenteuern zu Victoria mitbringen. Aber auch das hätte sich vermutlich mit HIV-Präexpositionsprophylaxe und einem profunden prophylaktischen Antibiotikamissbrauch, Nebenwirkungen hin oder her, noch irgendwie regeln lassen, wie er jetzt dank seines ärztlich praktizierenden Studienfreunds wusste.

Nein, in letzter Konsequenz war es Mackies Versuch, in seine Freiwilligkeit und damit in seine Freiheit einzugreifen, was er nicht tolerieren konnte und würde. Am Vorabend hatte er sich von dem Luden überraschen lassen, aber das würde ihm nicht noch einmal passieren. Es würden nicht mangelnde Wollust und auch nicht Angst vor möglichen gesundheitlichen Folgen sein, die ihn davon abhielten, sich auf das erpresserische Spiel seines einstigen Partners einzulassen. Er würde sich vielmehr nicht von Mackie erpressen lassen, weil er nicht bereit war, seine Freiheit aufzugeben. Für niemandem, egal, wie hoch der Preis auch sein mochte.

9. Der Morgen danach

„Willst Du, bis der Tod Euch scheidet, treu ihr sein? Nein."
Rammstein, **Du hast**

Victoria Schüffner blickte auf die Uhr, als sie den Schlüssel ihres Mannes im Schloss hörte. Er kam an diesem Wochenende mal wieder spät nach Hause, wie öfters in letzter Zeit. Sie glaubte ihm, dass die Arbeitsbedingungen belastend waren, es ärgerte sie trotzdem, dass er sich nicht mehr gegen seine Vorgesetzten durchsetzte. Sie hatten sich bewusst und willentlich gegen Kinder entschieden, allerdings um sich ihre Freiheit und Flexibilität zu erhalten, nicht um jede Minute der Arbeit zu opfern, Karriere hin oder her. Victoria fühlte sich durch Franks Obsession mit seiner Arbeit zurückgesetzt und irgendwann würde sie ihm das in aller Deutlichkeit sagen. Aber nicht heute; sie hatte ebenfalls eine anstrengende, konfliktreiche Arbeitswoche hinter sich und wollte nicht auch noch ihr Wochenende an leidige Streitereien verlieren.

Als Frank zur Tür hereinkam, spürte Victoria sofort, dass etwas ganz erheblich nicht stimmte. Seine Bewegungen waren fahrig, als er den Mantel an der Garderobe aufhing und sein Blick wirkte unstet und flackernd. Was mochte bloß passiert sein? Er würde doch wohl keinen Unfall gehabt haben?

„Schatz, alles klar mit Dir?", fragte Victoria besorgt, obwohl man schon wirklich blind hätte sein müssen, um nicht zu erkennen, dass keineswegs alles klar sein konnte. „Ist etwas passiert? Kann ich Dir helfen?"

Frank schüttelte, sichtbar mit seinen Gefühlen ringend, nur matt den Kopf. „Ich kann es Dir einfach nicht sagen", flüsterte er tonlos, nahm einen bauchigen Briefumschlag aus seinem Mantel und reichte ihn Victoria. „Aber ich kann es Dir leider auch nicht ersparen. Ich werde erpresst."

„Erpresst", wiederholte Victoria betroffen, sich zugleich fragend, womit man Frank, bei dem langweiligen Leben, das er führte, wohl erpressen könnte. Während Frank, noch immer nur ein Schatten seiner selbst, auf der Couch Platz nahm, öffnete sie mit einer resoluten Handbewegung den Umschlag. Er erhielt Fotodrucke, offenkundig pornographischer Natur und in schlechter Qualität aufgenommen.

„Pornos?", fragte Victoria eher belustigt als besorgt. „Warst Du beim Wichsen wieder auf irgendwelchen komischen Seiten im Internet unterwegs und jetzt will Dir einer etwas anhängen, weil auf den verwackelten Wichsvorlagen irgendwo ein Tier oder ein Kind dazwischen versteckt war?" Auf Franks betretenes Schweigen hin sah' sie genauer hin. Unter den Aufnahmen fand sich nichts offenkundig Illegales, Kopulationen in den verschiedensten homo-, bi- und heterosexuellen Konstellationen, sadomasochistische Phantasieszenen, reichlich Austausch von Körperflüssigkeiten, deren Appetitlichkeit im Auge des Betrachters liegen mochte, alles schien einverständlich zu geschehen – was machte Frank dabei bloß so nervös? Dann jedoch machte Ihr Herz einen schmerzhaften Sprung, als sie noch genauer hinsah und eine vage Vertrautheit zu erkennen glaubte. Nein, sie hatte sich nicht getäuscht. Das Gesicht war häufig nicht gut getroffen und doch trug der Kopf desjenigen Protagonisten, der meist im Mittelpunkt der orgiastischen Kompositionen stand, ganz eindeutig Franks Züge.

„Sag' mir, dass das nicht wahr ist!", sagte sie mit erzwungen ruhiger Stimme, in der jedoch zugleich die Schwere ihrer Verletztheit unüberhörbar mitschwang. Dann kam Victoria der rettende Gedanke, um ihre innere Welt noch einige Augenblicke vor dem Kollabieren zu bewahren, und sie fragte: „Das sind am Computer designte Fotomontagen, nicht wahr? Ich habe kürzlich einen Artikel darüber gelesen, Deepfake nennt man das wohl. Laufen schon die Ermittlungsverfahren? Das lassen wir uns nicht gefallen, dass irgendwelche Kriminellen unser Privatleben in den Dreck ziehen."

Frank blickte zu Boden und scheinbar durch selbigen hindurch, als er mit bedrückter aber fester Stimme antwortete: „Nein, Schatz, so einfach ist es leider nicht. Was Du siehst, sind keine Deepfakes. Die Person im Mittelpunkt der Fotos, die da fickt und gefickt wird, das bin ich in der Tat ich."

Dann passierte etwas, womit Frank am wenigsten gerechnet hätte. Eine Szene, ja, Tränen, natürlich, ggf. auch gleich der Tür verwiesen zu werden, all dies hatte er als voraussehbare Reaktionen einkalkuliert. Nicht erwartet hätte er das verzweiflungsgetränkte, hysterische Lachen, das ihm stattdessen entgegenschlug und das ihm zugleich deutlich mehr wehtat. „Aber das kann gar nicht sein", höhnte Victoria in gleichsam verletzter wie selbstzerstörerischer Grausamkeit. „Wer fickt denn – mit Dir?!?"

Frank war getroffen, blieb aber ruhig. Was hatte er erwartet? Hätte sie ihn wirklich so schlecht kennen sollen, dass sie nach all den Jahren nicht gewusst hätte, wie sie ihn treffen konnte? Hatte er es nicht auch verdient? Vielleicht. Zumindest war er sich der

Möglichkeit bewusst gewesen, dass irgendwann eine hässliche Szene wie diese bevorstehen musste und hatte es doch billigend in Kauf genommen. Wenn er sie damit nach den moralischen Maßstäben seiner Zeit verdient hatte, nun ja, dann war es wohl so.

Als keine Antwort kam, fuhr Victoria mit einer Stimme, in der Eiskristalle mitzuschwingen schienen, fort: „Schon gut, Du brauchst nichts zu sagen, ich kann mir die jämmerlichen Details auch so vorstellen. Du hast dafür gezahlt und auch noch unser Geld verplempert. Das ist es also, Dein erbärmliches Doppelleben, mit dem Du mich betrügst. Das ist es also, was Dir bei mir fehlt? Wurdest Du nicht immer lieb ins Ärmchen genommen und geschmust? Warum zeigst Du mir das eigentlich? Um mich zu demütigen? Dann herzlichen Glückwunsch, Du hast Dein Ziel erreicht. Ich fühl mich so scheiße, verraten und zurückgesetzt wie noch nie im Leben. Ist es das, was Du wolltest?"

Jetzt blickte Frank auf und in seinen Augen schimmerten Tränen, als er mit gequälter Stimme antwortete: „Nein, Schatz, ich habe Dir nie wehtun wollen; auch wenn Du mir nicht glauben wirst, ist das die Wahrheit. Diese Bilder hätten gar nicht existieren dürfen. Aber da sie existieren und ich jene Grenze, die zu überschreiten mein Erpresser von mir fordert, nicht zu überschreiten gedenke, gab' es nur zwei Möglichkeiten: Entweder ich zeige sie Dir oder Du erhältst sie von jemand anderem."

„Ach, das ist es also", ätzte Victoria zurück. „Es ging Dir also mal wieder nur um Dich."

„Nein", begehrte Frank mit matter Stimme auf. „Das ist nicht wahr, es ging und geht mir darum uns zu schützen, wie ich es trotz allem immer versucht habe. Du ahnst nicht, wozu jener Irre fähig ist, der mich mit diesen Bildern unter Druck setzen will. Aber sie sind sein einziges Druckmittel, ohne diese Waffe ist er ein Nichts."

Victoria ließ sich nicht ablenken und ließ ihrem Schmerz freien Lauf: „Und was bringt den respektablen Herrn Staatsanwalt überhaupt in solch illustre Gesellschaft? War er der Menschenhändler, der Dich immer mit frischem Fickfleisch versorgt hat? Damit Du damit hinter meinem Rücken auf meinen Gefühlen herumtrampeln kannst?"

„Er wurde in erster Linie zur Gefahr für meine Familie", antwortete Frank mit wieder etwas festerer Stimme. „Von nichts von dem, was Du heute erfahren musstest, hättest Du je Kenntnis erlangen sollen."

„Ach so, und das hätte es dann besser gemacht?", höhnte Victoria. „Wie wäre es denn stattdessen von Anfang an mit der Wahrheit gewesen?"

„Hättest Du die Wahrheit denn ertragen können?", gab Frank stoisch zurück.

„Es ist aber nicht Dein Recht, darüber zu befinden, was ich ertragen kann und was nicht", fauchte Victoria. „Deine überhebliche Arroganz, mich nicht selbst mein Denken und Fühlen bestimmen lassen zu wollen, hat mich schon immer an Dir angewidert. Selbst jetzt, wo unser Eheleben vor dem Abgrund steht, bist Du nicht in der Lage Deine oberlehrerhafte Selbstgerechtigkeit abzulegen."

Frank wollte es nicht, aber nun sprudelte es auch aus ihm heraus: „Und mich nervt Dein Selbstbetrug, in den alles eingehüllt ist, was unser Eheleben ausmacht; unsere angeblich offene Ehe, die Du nur solange tolerierst, wie sie halboffen mit allen Rechten auf Deiner Seite geführt wird; Dein völliger Neglect meiner eigenen Sexualität, die Du mit Kuscheln und Schmusen wegdiskutierst. Ja, verdammt, ich bin auch ein Mensch und ich habe auch Bedürfnisse und nachdem Du sie mir verweigerst, habe ich sie mir andernorts geholt, mea maxima culpa. Wenn es für Dich oberlehrerhaft ist, dass ich Dich damit nicht verletzen wollte und daher ein Doppelleben versucht habe, nun, dann bin ich wohl ein Oberlehrer."

Victoria schwieg und starrte ausdruckslos durch Frank hindurch. Sofort tat es Frank wieder leid und er fügte ruhiger hinzu: „Tut mir leid, Schatz, das hätte ich nicht sagen sollen."

„Aber warum denn nicht?", erwiderte Victoria mit nun wieder ruhiger, gleichsam eisiger Stimme. „Immerhin dürften es doch die ersten wirklich ehrlichen Worte gewesen sein, die ich in diesem Jahr unserer Ehe von meinem Mann zu hören bekommen habe. Du hättest meine Liebe haben können. Aber gut, wenn Dir das halt alles nicht reicht und Du stattdessen absurden Phantasien Deiner sogenannten Männlichkeit hinterherrennen willst, was soll ich dazu noch sagen? Und, hast Du gefunden, was Du gesucht hast? Haben Dir die armseligen, aus der Gosse gezogenen Huren, die Du auf den Bildern gevögelt und dabei an Deine nächste Verhandlung im Gerichtssaal gedacht hast, das Gefühl gegeben, ein ganz toller Hengst zu sein? Ach komm schon, so undifferenziert kannst Du nicht gewesen sein, dass Du das wirklich geglaubt hast. So naiv ist mein Mann einfach nicht. Was war es dann? Ein Gefühl von Macht angesichts ihrer Hilflosigkeit, dass Du es ihnen so richtig besorgen konntest, während sie nichts dagegen tun konnten? Aber auch da dürfte Dir klar gewesen sein, dass es mit Deiner unterdurchschnittlichen Bestückung zwischen den Beinen nicht allzu weit her ist mit dem richtig Besorgen. Und die Masochismusszenen? Wolltest Du Dich kompensatorisch selbst geißeln? Komm' schon, sag's mir! Ich will wenigstens verstehen, warum mein Mann mir das angetan und die Grundlagen unseres gemeinsamen Lebens willentlich und wissentlich zerstört hat. Also sag' mir, was Dir daran so wichtig war, dass Du bereit warst, uns und unser Zusammenleben dafür in den Dreck zu treten."

Frank seufzte gequält, hob dann aber doch zu sprechen an: „Wenn Du es wirklich wissen willst: Es war in erster Linie Neugier. Ich war vor allem neugierig, wie sich die Szenen aus den Pornos in natura anfühlen würden; mit Dir konnte ich das nicht erleben. Außerdem suchte ich niemals einen Ersatz für Dich, das musst Du mir glauben, sondern eine Ergänzung für jene Facetten, die ich mir Dir nicht zu realisieren vermochte. So wie die Kompensation für durch mich unbefriedigte Facetten für Dich Egbert ist, war es für mich mein Doppelleben. Es brachte mir den Nervenkitzel, den mir mein Berufsleben und unser immer spärlicher werdendes eheliches Sexualleben nicht bieten konnten. Und ja, manche der Sexpartnerinnen und -partner haben mir wirklich das Gefühl gegeben, dass ihnen unser Miteinander Spaß gemacht hat, wenn auch vielleicht nicht in traditionellen Kategorien der Männlichkeit. Je mehr ich erlebte, desto mehr wuchs meine Neugier auf neue, noch unentdeckte Facetten der sexuellen Erlebensfähigkeit. So ließ ich mich schließlich auf Menschen ein, um die ich besser einen Bogen hätte machen sollen, mit dem Ergebnis, das Du eben aus dem Briefumschlag gezogen hast. Ich weiß, dass Du sehr verletzt sein musst."

„Einen Dreck weißt Du", erwiderte Victoria hart. „Versuch nicht schon wieder mich zu beonkeln, selbst jetzt noch. Als Du es getan hast, scheint es Dir ja auch herzlich egal gewesen zu sein, wie ich mich dabei fühlen würde."

„Eben deswegen wollte ich nicht, dass Du davon erfährst", entgegnete Frank tonlos. „Ich wusste, dass es Dich verletzten würde, und es war nur gedacht, mir etwas zu geben, keineswegs, Dir etwas wegzunehmen."

„Soso, das hast Du Dir also so gedacht", schrie Victoria. „Du, Du, immer nur Du. Merkst Du es denn immer noch nicht? Was ist mit mir? Wie soll ich meinem Mann vertrauen, wenn er wesentliche Aspekte seines Lebens vor mir geheim hält? Und wenn ich meinem Mann umgekehrt nicht vertrauen kann, was soll ich dann überhaupt mit ihm?"

„Das ist kein wesentlicher Anteil meines Lebens", entgegnete Frank, bereits während er es aussprach spürend, wie schwach sich dieses Argument anhören musste.

„Ach nein?", entgegnete Victoria auch sogleich spitz. „Und wenn das alles so unwesentlich ist, warum befinden wir uns dann in der aktuellen Situation? Du schweigst? Ich wüsste auch nicht, was es darauf noch zu entgegnen gäbe. Ist Dir eigentlich nie eingefallen, mit mir zu reden, bevor es so weit kommen musste? Du weißt genau, wie wichtig mir Ehrlichkeit in meiner Beziehung ist und hast mich willentlich und wissentlich getäuscht. Wenn es etwas gibt, das ein Zusammenleben nachhaltig unmöglich macht, dann ist es die Lüge. Es gibt nichts Toxischeres für eine Beziehung und nichts, was die Lüge rechtfertigt."

„Doch", begehrte Frank auf. „Die Lüge hat ihre Daseinsberechtigung, wenn die Wahrheit destruktiver wäre, ohne dass es etwas ändern würde. Und genau die Situation habe ich bei uns gesehen und wahrlich, meine Lügen waren und sind nicht die einzigen. Die erste, gleichsam strukturell angelegte Lüge ist unsere offene Ehe, die in Wahrheit eine halboffene ist, die Dir mit Deinem Egbert alle Freiheiten einräumt und zugleich die mir realisierbaren Formen des Sexuellen de facto ausschließt. Die zweite, nicht minder strukturerhaltende Lüge besteht darin, dass ich so tue, als wäre diese Situation für mich akzeptabel, während sie mich stattdessen zu immer bizarreren Kompensationsversuchen treibt, die Du auf den Fotos fragmenthaft gesehen hast. Aufbauend auf diesen Lügen, die für unsere Ehe konstituierend sind, ist es letztlich nur folgerichtig, durch Verschleierung meines Doppellebens unsere Beziehung nicht gefährden zu wollen. Denn ob Du es mir noch glaubst oder nicht, ein Faktor ist nämlich keine Lüge: Dass ich Dich liebe und dass Du der für mich wichtigste Mensch im Leben bist, dem ich niemals wehtun wollte und will. Und dieser Wahrheit sind für mich alle anderen Wahrheiten und Lügen untergeordnet."

„Ich merke ja, wie sehr Du Schmerz von mir fernhalten willst", spottete Victoria, aber es klang weniger überzeugt als zuvor.

„Es hat nicht funktioniert, ja, und das tut mir unendlich leid", bestätigte Frank. „Aber der Erpressung nachzugeben wäre noch deutlich destruktiver gewesen und viel gefährlicher für das, was mir wirklich wichtig ist: Unsere Liebe und unser gemeinsames Leben."

„Unsere Liebe, was Du nicht sagst", entgegnete Victoria hart. „Auf so tönernen Füßen, wie Du sie dargestellt hast, fällt es mir zunehmend schwer mir vorzustellen, was sie denn wirklich für Dich bedeutet. Dein Spaß scheint Dir ja unendlich wichtig zu sein, wenn man bedenkt, was Du dafür alles zu riskieren bereit warst. Du sagst, dass ich vermutlich nicht gebilligt hätte, was Du vorhast und damit hast Du wirklich sehr recht. Von der emotionalen Zurücksetzung, die es für mich bedeutet, mal ganz abgesehen: Bist Du nie auf die Idee gekommen, dass Spermaspielchen mit irgendwelchen Prostituierten, die schon mit wer-weiß-wem Kontakt hatten, wenn Du sie schon offenbar nicht widerlich findest, so doch zumindest gefährlich sind? Hattest Du nie den Gedanken, dass Du mit Deiner rücksichtslosen Egozentrik Dich und uns mit der Akquise von Geschlechtskrankheiten auch ganz banal körperlich gefährden könntest?"

„›Ach‹ das macht Dir Sorge?", erwiderte Frank. „Keine Angst, auch wenn dir solche Begriffe nicht viel sagen werden, gibt es, als sogenannte Prä- und Postexpositionsprophylaxen, inzwischen auch pharmakologisch sehr probate Mittel, um halbwegs risikoarm herumsauen zu können. Da brauchst Du keine Angst zu haben, dass Du Deinen Egbert durch meine Unachtsamkeit über Gebühr gefährdest, eine Sorgfalt, die ich dem alten Hallodri umgekehrt nicht unbedingt zutraue."

„Gib nicht Egbert die Schuld an dem Mist, den Du verzapfst", fauchte Victoria. „Du weißt, dass das Sexuelle nur ein Aspekt meiner Beziehung mit ihm ist; sie bedeutet mir so unsagbar viel mehr, während Du Dich ja offenkundig mit dem Oberflächlichen zufrieden gibst."

„Ja, weil ich darüber hinaus auch nichts vermisse", gab Frank zurück. „Eine Ersatzpartnerin habe ich nie gesucht, sondern immer nur ganz real das, was mir fehlt. Und wahrlich, selbst angesichts solch überschaubarer Ansprüche war die gebotene Qualität oft bescheiden genug. Wie gesagt, ich habe aufgepasst."

„Und wieso soll ich darauf vertrauen, dass Du Dich neuerdings als Staatsanwalt mit Pharmakologie und Infektionsmedizin auskennst?", spottete Victoria. „Dass Du schnellstmöglich zum Arzt gehst, um Dich vernünftig untersuchen zu lassen, ist ja wohl hoffentlich selbstverständlich; ich werde das auch tun. Und lass uns hoffen, dass Dein vertrauensbrüchiger kleiner Ausflug ins Reich des Fetischismus zumindest medizinisch ohne nichtkorrigierbare Folgen geblieben ist."

„Was meinst Du mit zumindest medizinisch?", fragte Frank vorsichtig, dem der drohende Unterton in Victorias Stimme nicht entgangen war.

„Das fragst Du noch?", entgegnete Victoria mit schneidender Stimme. „Glaubst Du ernsthaft, Du machst mir so eine Enthüllung und alles läuft weiter wie bisher? Du brichst mein Vertrauen, trampelst auf meinen Gefühlen herum und denkst allen Ernstes, Dein Verhalten habe keine Konsequenzen?"

„Ich liebe Dich", flüsterte Frank.

„Das sagtest Du bereits", gab Victoria hart zurück, „was immer das auch für Dich und mich auch heißen mag. Ich muss mir zumindest erst darüber klar werden, was das, was Du getan hast, für mich bedeutet und ob ein Uns unter solchen Umständen überhaupt noch denkbar erscheint."

„Möchtest Du, das ich gehe?", fragte Frank, während er nicht verhindern konnte, dass ihm eine Träne aus den Augenwinkeln rollte. „Ich möchte Dich nicht verlieren, aber wenn es Dir mehr Schmerzen bereitet, wenn ich bleibe, bin ich bereit diesen Schritt zu gehen."

„Und Dich schon wieder aus der Verantwortung zu stehlen?", spie Victoria die Worte fast aus. „Aber Du hast recht, in meinem Bett will ich Dich so bald nicht mehr sehen, schon gar nicht, bevor der Arzt nicht ausgeschlossen hast, dass Du Dir etwas Ekliges eingefangen hast, womit Du mich besudeln könntest. Von mir aus kannst Du auf der Couch schlafen und darüber nachdenken, was Du mir und uns eigentlich in Deiner Selbstsucht angetan hast. Und komm' mir bloß nicht mehr zu nahe; ich empfinde nur noch Ekel vor Dir angesichts dessen, was Du nicht lassen konntest. Und Deine kleinen fetischistischen Ausflüge hören auf der Stelle auf, wenn es überhaupt noch eine Chance geben soll, dass sich mein Ekelgefühl irgendwann wieder zu etwas anderem wandeln wird, wenngleich es sicher nie mehr so sein wird wie früher."

„Danke, dass Du mich nicht gleich vor die Tür setzt", stammelte Frank. „Das ist mehr, als ich erhofft habe."

„Versprechen tue ich gar nichts", erwiderte Victoria kalt. „Ich muss mir erst einmal selbst darüber klar werden, was ich noch für Dich empfinde, nachdem Du mein Vertrauen verspielt und mich

so gedemütigt hast. Und komm' mir nicht mit Deinen Sophiste-
reien von wegen benevolenter Lügen, noch eine weitere Lüge von
Dir und Du kannst Deine Märchen jemand anderem erzählen.
Auch warne ich Dich; wenn Du Dich zukünftig nicht zurückhältst
und Du das Dir auferlegte Zölibat nicht befolgst, brauchst Du
Dich bei mir nicht wieder blicken lassen. Ist das klar?"

„Ja, das ist klar", antwortete Frank, noch tiefer in der Couch
zusammensinkend.

„Und bring' diese unappetitliche Angelegenheit mit dem Erpresser in Ordnung", legte Victoria weiter nach. „Ich möchte
nicht, dass solch ein widerwärtiges Individuum in irgendeiner
Weise Einfluss auf unser Leben nimmt."

Mit diesen Worten ließ Victoria Frank auf der Couch sitzen,
stürmte in ihr Zimmer und warf die Tür hinter sich zu. Es war
keine Minuten zu früh, bevor die Maske der Härte von ihr abfiel
und sie sich schluchzend auf ihr Bett warf. So sollte sie Frank auf
keinen Fall zu sehen bekommen, so schwach und hilflos, verraten
und verloren im Chaos widerstreitender Gefühle. Niemand war da,
der sie in den Arm nahm; vor Frank empfand sie aktuell Ekel und
wusste nicht, ob sie je wieder eine Geste der Vertraulichkeit mit
ihm würde austauschen können. Egbert dagegen war derzeit bei
seiner Familie, so dass sie ihn nicht kontaktieren konnte. Sie versuchte sich zu erinnern, wann im Leben sie sich so verlassen, ent-
wertet und elend gefühlt hatte. Es fiel ihr nicht viel ein, auch wenn
sie spürte, wie frühe Kindheitserinnerungen ans Verlassensein an
der Barriere ihres Unbewussten kratzten.

Das Verlassensein war keine oberflächliche, sondern eine tief
in Victorias Wesen verankerte Angst; ein Gefühl, das sie Franks an
Abhängigkeit grenzende Liebe wie eine Droge aufsaugen und
gleichsam als unwert zurückweisen ließ, damit er ihr nicht auf zu
gefährliche Weise nahekommen und noch ungleich schlimmer
wehtun konnte, als er es heute getan hatte. Einen Augenblick lang
tauchte der Gedanke in ihrem Bewusstsein auf, dass ihr Mann vielleicht gar nicht nach Alternativen geschaut hätte, wenn sie sich ihm
ganz hätte öffnen können. Victoria wies diese ihr selbstzerstöre-
risch erscheinende Überlegung jedoch mit einer bewussten ge-
danklichen Kraftanstrengung zurück. Sie würde ihm nicht die Genugtuung bieten, wie ein Gewaltopfer sinnlos darüber nachzusin-
nen, ob sie etwas getan hatte, womit sie ihr Schicksal verdiente.
Sein Verhalten war unangemessen gewesen, nicht ihres, und sie

würde sich wegen ihm auf gar keinen Fall schlecht fühlen. Zugleich wusste sie, dass diese Überlegung Wunschdenken war, denn sie fühlte sich schlecht, hundeelend sogar, und es war zwecklos, sich selbst etwas vorzumachen. Sie hoffte, dass es Frank mindestens genauso elend gehen möge und etwas sagte ihr dabei, dass dies wohl mehr als eitle Hoffnung war.

Gleichermaßen war es die Angst vor dem Verlassensein, die sie in Egberts Arme getrieben hatte, der nicht Franks anhängliche Liebe, sondern eine Aura von Stärke und Optimismus vermittelte. Aber Egbert war verheiratet und auch wenn seine Ehe vor allem auf dem Papier existierte, würde er diese doch nicht aufgeben. In Momenten wie diesem, in denen sie ihn wirklich nötig gebraucht hätte, blieb er damit unerreichbar.

Während Victoria in ihrem Zimmer ihrem Kummer freien Lauf ließ, saß Frank auf der Couch im Wohnzimmer. Vor sich sah er die Fotografien, die Victoria achtlos auf dem Wohnzimmertisch liegen gelassen hatte und die in so erschreckend kurzer Zeit bereits eine unglaublich verheerende Wirkung auf sein Leben entfaltet hatten. Sein Blick war jedoch nicht auf die Fotos gerichtet, sondern starr auf die nächtliche Schwärze hinter dem Wohnzimmerfenster, die durch das Licht der Straßenlaternen nur unmerklich gemindert wurde. Frank bemerkte es nicht; es machte auch keinen Unterschied. Für ihn war die lichtlose Schwärze, die er sich hinter der nur unvollkommenen Dunkelheit der nächtlichen Stadt zusammenballen sah, gleichsam Metapher für seine kurz- bis mittelfristige Zukunft. Mit der Finsternis kam die Angst, jenes im Übermaß destruktive Gefühl, das nun nicht mehr durch das fiktive Vertrauen in eine immerwährende Stabilität seiner Paarbeziehung gehemmt wurde und ihn mit aller Gewalt anfiel.

10. Die Aussprache

„Deine Größe macht mich klein, Du darfst mein Bestrafer sein.
Der Herrgott nimmt, der Herrgott gibt. Doch gibt er nur dem, den er auch liebt."
Rammstein, **Bestrafe mich**

Freitag, 13. April 2018

Oberstaatsanwalt Maximilian Friedhardt, für seine wenigen Freunde Max, lächelte an jenem Freitagvormittag selbstgefällig vor sich hin, als er an seinem Bildschirm die Emails durchgeklickt und den Großteil der Arbeit an die die ihm unterstellten Mitarbeiter delegiert hatte. Er hatte allen Grund, gute Laune zu haben, nachdem Frank Schüffners Fall endlich erfolgreich abgeschlossen war, wobei der Großteil der Reputation nicht an Frank sondern an ihm persönlich hängenbleiben würde. Friedhardt konnte Schüffner nicht sonderlich gut leiden. Insbesondere hasste er dessen nichtsnutzige Langsamkeit, mit der er die Fälle zu bearbeiten pflegte. Zuweilen hatte seine überpedantische Arbeitsweise jedoch ihre Vorzüge, so dass sie die Täter nun überführt und über Jahre sicher hinter Schloss und Riegel verwahrt hatten. Dennoch wollte Max Friedhardt mehr und je mehr man ihm gab, desto größer wurde sein Appetit. Schüffners Talent würde ihm noch nützlich sein und das Format, ernsthaft an seinem Stuhl zu sägen, hatte dieser gutmütige Idiot sowieso nicht. Seine Faulheit und Langsamkeit würde er ihm schon noch austreiben.

Bei diesem Gedanken fiel sein Blick auf einen braunen Briefumschlag, den seine Sekretärin ihm ungeöffnet hereingegeben hatte. Dies war ungewöhnlich, normalerweise sortierte sie ihm seine Post sorgfältig vor, wie er es ihr beigebracht hatte, es sei denn – tatsächlich, auf dem Briefumschlag stand unter seinem Namen in Großbuchstaben ein unmissverständliches PERSÖNLICH. Dafür war kein Absender zu erkennen, auch nicht auf der Rückseite.

Sofort war Max Friedhardts Paranoia geweckt, zumal ihm beim besten Willen nicht einfallen wollte, welche heimliche Liebschaft ihm derart unvorsichtig Post an die Dienststelle schicken könnte. Er hatte ihnen doch eingeschärft, dass dieser Teil seiner Welt für sie ein Tabu war, ebenso wie sein zu Hause, wo er mit seiner leider viel zu langweiligen Frau und den im Grunde nur nervenden Kindern lebte. Wenn es aber keine Liebhaberin war, wer mochte dann auf so altmodische Weise mit einem klassischen Brief anonym zu ihm in Kontakt treten wollen?

Friedhardt war sich wohl bewusst, dass es viele Menschen gab, denen er im Laufe seiner bisherigen Karriere kräftig auf die Füße getreten hatte und die entsprechend noch die eine oder andere Rechnung mit ihm offen hatten. Bei freundlichen Kollegen hielt er sprichwörtlich gerne dagegen und erachtete

Kompromissbereitschaft als Schwäche, wobei ihm seine rücksichtslose und konfrontative Art auf seinem Weg nach oben mehr genutzt als geschadet hatte. Entsprechend gab es zweifellos Menschen, die sich mit dem Gedanken an Rache an ihm trugen, Bestrebungen, die ihm eitel und gleichermaßen aussichtslos erschienen.

So war er auf der Hut, als er den Briefumschlag mit spitzen Fingern betastete, ob er so etwas wie ein Pulver darin erfühlen konnte. In den letzten Jahren hatte es immer wieder Fälle gegeben, in denen Verrückte Briefe mit weißem Pulver an die Staatsanwaltschaft geschickt hatten. Bisher hatte sich der Inhalt immer als harmloses Mehl herausgestellt; die klassischen Primitivstraftäter waren ja doch zu unfähig, Milzbrandsporen durch antistatische Behandlung aerosolisierbar und damit potenziell waffenfähig zu machen. Aber man wusste ja nie. Hatte es damals 2003 nicht sogar einen US-Senator getroffen? Ihm jedenfalls sollte es nicht so ergehen.

Wenn dieser Brief Pulver enthielt, so war es nicht ohne Weiteres ertastbar. Im Inneren konnte Friedhardt mehrere Schichten Papier erfühlen, die sich ohne Weiteres gegeneinander verschieben ließen. Schließlich überwog die Neugier die Paranoia und der Oberstaatsanwalt griff zu dem dekorativen Brieföffner auf seinem Schreibtisch, um vorsichtig damit den Brief zu öffnen. Zumindest äußerlich war nichts offenkundig Verdächtiges zu erkennen. Der Umschlag schien ausschließlich Fotos zu beinhalten, pornographisches Material ohne für ihn sofort erkennbar strafwürdigen Inhalt. Hatte ihn der Absender verwechselt und der Umschlag war eigentlich für die Kollegen von der Sitte bestimmt, denen sich vielleicht intuitiver als ihm erschloss, was an den ihn eher abstoßenden als erregenden sadomasochistischen Szenen denn gesetzeswidrig sein könnte? Aber warum dann der Aufwand mit dem persönlich adressierten und frankierten Umschlag ohne Absenderadresse?

Nun doch neugierig geworden, sah Maximilian Friedhardt genauer hin. Um Kinderpornographie schien es zumindest nicht zu gehen, dafür waren die Akteure auf den Fotos sichtbar zu alt. Und trotz der offensichtlichen Robustheit der in schlechter Qualität fotografierten Sexualakte wirkten die Szenen auch keineswegs nichtkonsensuell, so dass eine Straftat gegen die sexuelle Selbstbestimmung ebenfalls kaum in Frage kam. Dafür sah einer der Akteure, wie Friedhardt belustigt feststellte, fast so aus, wie er sich Frank

Schüffner in Reizwäsche vorgestellt hätte, wäre er je auf eine so abwegige Idee diesen farblosen Langweiler betreffend gekommen. Die Ähnlichkeit war doch einfach frappierend. Das nächste Foto war weniger verwackelt und dafür besser belichtet. Friedhardt verschlug es kurzzeitig die Sprache, was bei ihm selten vorkam, bevor er in ein sardonisch-maliziöses Gelächter ausbrach. Das konnte einfach nicht wahr sein. Er hatte sich nicht getäuscht. Diese armselige Gestalt auf dem Foto, die sich gerade, dabei energisch den eigenen nicht allzu beeindruckenden Schwanz wichsend, von einer kachektischen Schlampe in den offen stehenden Mund kacken ließ, war ohne jeden Zweifel niemand anderes als sein ihm unterstellter Kollege Frank Schüffner.

Jetzt doch voller Interesse, betrachtete Friedhardt die Bilder erneut eins nach dem anderen genauer. Nicht auf jedem war Schüffner gleichermaßen eindeutig zu erkennen und es waren auch nicht alle Aufnahmen gleichermaßen entwürdigend, dennoch war eines klar: Wer immer ihm diese Fotos zugespielt hatte, er hatte ihm Frank Schüffner in die Hand gegeben, gewissermaßen auf dem sprichwörtlichen Präsentierteller serviert. Aber warum sollte ihm jemand einen solchen Gefallen tun? Doch vielleicht war dies auch die falsche Frage. Vielleicht sollte er sich lieber fragen, wer Frank derartig hassen mochte, dass er ihn in eine solche Lage versetzte. Und warum? Er würde es sogleich herausfinden. Nicht ohne sadistische Vorfreude, rief Friedhardt seine Sekretärin an, damit sie Schüffner zu einer möglichst zeitnahen Unterredung einbestellte.

Es dauerte auch tatsächlich keine fünf Minuten, bis ihm Frank von seiner Sekretärin aus dem Vorzimmer angekündigt wurde. Friedhardt ließ hereinbitten, dabei sein professionelles Pokerface aufsetzend, um sich seine schadenfrohe Genugtuung nicht zu deutlich anmerken zu lassen. Frank Schüffner grüßte kurz mit „Herr Oberstaatsanwalt", formal eine Ehrerbietungsbekundung, die jedoch in Friedhardts Ohren fast wie eine Verächtlichmachung klang. Er wusste und machte sich nichts vor, dass Schüffner ihn nicht leiden konnte und, schlimmer noch, vermutlich insgeheim für unfähig hielt. Aber er würde ihm seine blasierte Arroganz schon aus dem Gesicht wischen. Diesmal hatte er alle Trümpfe in der Hand und genoss das schale Gefühl von Macht, sein intellektuell überlegenes Gegenüber jederzeit vom hohen Ross holen und zwischen seinen Fingern zerquetschen zu können.

Davon ließ er sich aber zunächst noch nichts anmerken, grüßte vielmehr voll falscher Freundlichkeit zurück und gebot Schüffner, die Tür zum Vorzimmer zu schließen und sich zu setzen. Im Anschluss kam er direkt zur Sache und fragte, seinem Gegenüber fest in die Augen blickend: „Herr Kollege Schüffner, gibt es etwas, wovon ich wissen sollte?"

Friedhardt konnte deutlich sehen, wie sein Gegenüber sich unter seinem stahlharten Blick wand. Sollte er. Ahnte er vielleicht bereits, worum es gehen mochte? In jedem Fall spielte Schüffner den Ahnungslosen, als er fragte: „Ich verstehe nicht, worauf Sie hinauswollen? Haben Sie Rückfragen zu einem unserer Fälle?"

Wenngleich der Oberstaatsanwalt das Spiel mit der Macht genoss, wusste er doch, dass er den Moment der Überraschung nur ausnutzen konnte, wenn sein Gegenüber keine Zeit hatte sich eine Gegenstrategie zu überlegen. Mit dieser Technik hatte er schon mehr als einmal seine Gesprächspartner in die Ecke gedrängt und zu unüberlegten Reaktionen provoziert, weshalb er nun nicht lange zögerte und seinem Untergebenen den Fotostapel mit den Worten hinüberschob: „Nein, Herr Schüffner, ich meine dies hier."

Friedhardt sah, wie Schüffner alles Blut aus dem Gesicht wich, als der Fotos entgegennahm und durchblätterte, dass er sich jedoch erstaunlich schnell wieder im Griff hatte. War Schüffner gewarnt worden, hatte er gar mit etwas Vergleichbarem gerechnet? Das wäre interessant. Könnte es sein, dass er erpresst wurde und sogar davon ausgehen musste, dass vergleichbares Material irgendwo abgegeben würde? War etwa schon im Hause Schüffner Ähnliches aufgetaucht? Friedhardt wusste, dass Schüffner verheiratet war, auch wenn dieser bei der Arbeit kaum über private Dinge sprach, geschweige denn ihm mal im privaten Umfeld begegnet wäre. Der Oberstaatsanwalt konnte ein schadenfrohes Grinsen bei dem Gedanken, welch großes Hallo die Bilder wohl bei der Gattin seines Untergebenen ausgelöst haben mochten, nur mit Mühe unterdrücken, als er, um die Gunst des Überraschungsmoments nicht gänzlich ungenutzt verstreichen zu lassen, voll heuchlerischen Mitgefühls fortfuhr: „Sie wissen, dass ich mich in die Privatangelegenheiten meiner Mitarbeiter aus Prinzip nicht einmische, aber Sie werden verstehen, Herr Kollege, dass mir ein solches Maß an Öffentlichkeit bei pikanten Hobbies von Geheimnisträgern aus meiner Abteilung nicht gleichgültig sein kann. Davon ganz zu schweigen, dass es nicht unbedingt das Bild vermittelt, dass wir uns in der

Bevölkerung von unseren Spitzenbeamten wünschen, wenn diese sich dabei ablichten lassen, wie sie gerade mit BDSM-Hundeleine um den Hals einer Schlampe in Reizwäsche die spermaverschmierte Fotze auslecken, wenn Sie mir diese unverblümte Sprache verzeihen mögen. Oder wollen Sie ernsthaft behaupten, dass Sie hier einen „Deep-Fake" in den Händen halten und das gar nicht Sie auf den Aufnahmen sind?"

Friedhardt sah mitleidlos dabei zu, wie sich sein Untergebener unter seinen Worten wie unter Peitschenhieben innerlich zusammenkrümmte. Tatsächlich ging seine Rechnung auf und Schüffner antwortete mit tonloser Stimme: „Nein, das ist kein Deep-Fake. Die Bilder sind echt."

Der Oberstaatsanwalt triumphierte innerlich. Langsam drehte er sich in seinem Sessel um, stand auf und ging gemessenen Schrittes zum Fenster. Dies hatte erstens den Vorteil, dass ihm Schüffner seine Genugtuung nicht im Gesicht ablesen konnte und schuf zugleich eine noch größere Distanz zwischen ihnen. Gedankenverloren aus dem Fenster schauend, sagte er mit resigniert verstellter Stimme und ohne seinen Untergebenen anzublicken: „Wenigstens sind Sie ehrlich."

Friedhardt hörte, wie sich der Staatsanwalt hinter seinem Rücken räusperte. „Was wollen Sie?", fragte Schüffner mit weiter belegter Stimme. Der Oberstaatsanwalt schätzte solchen Mut, auch wenn er keineswegs gedachte selbigen in Auflehnung ihm gegenüber umschlagen zu lassen. Betont langsam drehte er sich um und fixierte seinen Untergebenen mit durchdringendem Blick: „Was ich will? Das will ich Ihnen sagen. In erster Linie will ich Schaden von unserer Dienststelle fernhalten, die Leistungsfähigkeit selbiger fördern und erhalten, unsere Mitarbeiterinnen und Mitarbeiter schützen, ja, letztlich auch Sie schützen. Aber dafür muss ich wissen, was hier vor sich geht. Deswegen frage ich Sie noch einmal mit allem Nachdruck: Gibt es etwas, wovon ich wissen sollte?"

Frank Schüffner blickte betreten zu Boden und es war ihm anzusehen, dass er sich weit weg wünschte. Aber der Oberstaatsanwalt ließ nicht locker: „Ich warte, Herr Kollege Schüffner."

Als sein Untergebener den Kopf wieder hob, konnte Friedhardt Resignation gemischt mit einer Spur Trotz aus seinem Blick ablesen: „Was wollen Sie, Kollege Friedhardt? Wollen Sie Details hören?"

Der Oberstaatsanwalt lachte trocken und humorlos, während er zu seinem Schreibtisch zurückging und antwortete: „Nein, ganz sicher nicht, zumal Ihre Bilder an expliziter Aussagekraft wirklich nichts zu wünschen übrig lassen. Nein, Kollege Schüffner, ich will wissen, was Sie sich dabei gedacht haben. Und zwar nicht bei ihrem kleinen Freizeitvergnügen, das kann ich mir schon denken, was Sie dazu bewogen haben mag; plumpe und – tut mir leid – auch reichlich naive Geilheit. Aber das ist Ihre Angelegenheit; das müssen Sie mit sich und Ihrem privaten Umfeld ausmachen, auch wenn ich Ihnen ganz offen sagen darf, dass es ganz sicher nicht zitierfähig wäre, was ich persönlich von Ihrem Verhalten halte. Ich meine vielmehr, wie Sie es zulassen konnten, dass solche Bilder von Ihnen dabei angefertigt werden. Sie sind doch auch lange genug im Geschäft, um zu wissen, dass Sie sich als Landesbeamter einen solchen Fauxpas nicht leisten können. Nicht nur, dass Sie selbst erledigt sind, wenn so etwas ruchbar wird, Sie schaden damit dem Ansehen Ihres Dienstherren in der Öffentlichkeit und wissen verdammt noch mal sehr genau, dass dies ein disziplinar zu würdigendes Dienstvergehen darstellt. Merken Sie denn nicht, dass ich gerade versuche Ihnen eine Brücke zu bauen? Nun reden Sie schon!"

Als Schüffner nun erneut und sichtbar innerlich kapitulierend zu Boden blickte, setzte sich Friedhardt ihm weniger als Armlänge entfernt gegenüber auf einen Stuhl, blickte ihm direkt in die Augen und hakte sofort nach: „Sie werden erpresst, nicht wahr, Herr Kollege Schüffner? Welchen anderen Hintergrund sollte es sonst haben, dass diese Abzüge bei mir gelandet sind? Dies ist keine kleine, unbedeutende Angelegenheit sondern ein ganz reales Problem, das wir aus der Welt schaffen müssen. Aber dafür ist es ganz elementar, dass Sie jetzt mit mir zusammenarbeiten. Ich will den Namen hören, Herr Kollege Schüffner. Wer erpresst Sie?"

Ohne die Augen zu heben antwortete Schüffner: „Sein Name ist MacDonald Müller, Spitzname Mackie, ein kleinkrimineller Hobbystricher."

„Aha, da kommen wir ja der Sache schon näher", entgegnete Friedhardt mit süffisantem Unterton und erhob sich vom Stuhl, nur um gleich darauf wieder in seinem Sessel Platz zu nehmen. Gedankenverloren gab er ein paar Suchbefehle in seinen Rechner ein, um sich über die Vorstrafen des genannten Müller zu informieren. „Schau an, da haben wir ihn ja", höhnte er kurz darauf mit mitleidlosem Blick auf Schüffner. „Das ist ja wirklich ein knuspriges Bürschchen, wenn man denn dem eigenen Geschlecht gegenüber aufgeschlossen ist und ihren Bildern nach zu schließen sind Sie dies ja, verehrter Herr Kollege. Holla, der hat ja auch schon einiges auf dem Kerbholz für seine jungen Jahre, Zuhälterei, schwere sexuelle Nötigung, unerlaubter Waffenbesitz, vorsätzliche Körperverletzung, tatsächlich auch Erpressung und so weiter und so weiter. Dies ist ja nun nicht unbedingt der Umgang, den wir uns hier für die Vertreter der Jurisdiktion im Land wünschen. Was hat Sie an so jemandem gereizt? Lutscht er so gut? Oder hat er sie schön hart rangenommen? Sagen Sie's mir nicht, ich will es gar nicht wissen. Und was hat er, nachdem er Ihnen nun diese Falle gestellt und angefangen hat Sie zu erpressen, von Ihnen haben wollen? Ich will Ihnen, aber mehr noch unserer Dienststelle, doch nur helfen, Mann! Also sagen Sie mir nun bitte, was konkret da gespielt wird!" Und Schüffner, der das Danaergeschenk des Oberstaatsanwalts sehr wohl als solches erkannte aber ebenso auch die Alternativlosigkeit seiner Lage, sagte es ihm.

Nachdem Friedhardt sein Bild abgerundet hatte und hinter seinem stets auf Eigennutz bedachten geistigen Auge ein immer konkreter werdender Plan Gestalt anzunehmen begann, wie er aus der Situation für sich persönlich am meisten Kapital schlagen konnte, nickte er gönnerhaft und sagte: „Mann, Mann, Mann, Herr Kollege Schüffner, da haben Sie sich ja in eine ziemlich wenig beneidenswerte Lage hineinmanövriert und die Dienststelle gleich mit. Tut es Ihnen wenigstens ein bisschen leid, was Sie hier angerichtet haben?"

Schüffner nickte betreten: „Das hätte nicht passieren dürfen."

Der Oberstaatsanwalt nickte hart: „Nein, in der Tat, das hätte es nicht. Und seien Sie froh, dass davon noch nichts an die Öffentlichkeit gelangt ist, sonst müsste ich jetzt wegen Schädigung des Ansehens Ihres Amtes disziplinarisch gegen Sie ermitteln, das ist Ihnen doch hoffentlich klar? Auch so haben Sie ja schon genügend Schaden angerichtet; es wird Zeit und Aufwand kosten, diese unappetitliche Angelegenheit unter der Decke zu halten. Sind Sie wenigstens bereit, zukünftig auf exzentrische Eskapaden dieser Art zu verzichten und kompensatorisch für den Mehraufwand aufzukommen, den Sie uns damit bereiten?"

Schüffner war klar gewesen, dass dies kommen würde, aber was sollte er tun? Resigniert nickte er und entgegnete: „Selbstverständlich werde ich alles Nötige unternehmen, um Schäden von

Amt und Dienststelle fernzuhalten. Was konkret stellen Sie sich vor?"

„Ich wusste, dass ich mich auf Sie verlassen kann, wenn es um den Schutz unserer Dienststelle geht", antwortete der Oberstaatsanwalt mit einem selbstzufrieden Grinsen, wobei er sich nicht einmal mehr die Mühe machte, der mit der Aussage semantisch verbundenen Wertschätzung auch nur einen Hauch von Authentizität zu verleihen. Er hatte Schüffner nun in der Hand, konnte ihn genauso erpressen wie zuvor jener größenwahnsinnige Mackie, nur dass Schüffner ihn nicht so leicht loswerden würde. Und das wussten sie beide.

So fuhr Friedhardt kaltlächelnd fort: „Wie Sie wissen, verehrter Herr Kollege Schüffner, suchen wir noch immer eine Schwangerschaftsvertretung für die Ressorts IV und VI. Zur Kompensation der Mehrarbeit, die unsere Dienststelle zur Schadensabwehr infolge Ihrer Verfehlung nun haben wird, würde ich mir wünschen, dass Sie sich dieser Aufgabe zuwenden; additiv zu Ihren sonstigen Verpflichtungen, versteht sich. Was sagen Sie?"

Schüffner hatte es befürchtet, dass der Oberstaatsanwalt diese unbeliebte Arbeit auf ihn durchtreten würde, und doch traf es ihn nun wie ein Schlag. Das zu erwartende Arbeitspensum war einfach unmenschlich. „Was immer Sie wollen", stammelte er. „Aber müssen es wirklich gleich beide Ressorts sein? Dann habe ich ja gar keine Freizeit mehr."

Friedhardts Lächeln hatte jede Spur von Freundlichkeit verloren, als er antwortete: „Mit Verlaub, Herr Kollege, aber angesichts dessen, was Sie mit ihrer Freizeit offenkundig anstellen, ist genau dies ja auch beabsichtigt. Ich lege keinen Wert darauf, dass Sie unsere Reputation mit weiteren vergleichbaren Skandalen in Verruf bringen. Außerdem möchte ich Ihnen sowieso nahelegen, bei der Priorisierung Ihrer dienstlichen Aktivitäten ein wenig mehr Effizienz an den Tag zu legen. Es ist ein physikalisches Paradigma, dass Arbeit gleich Leistung pro Zeit ist und ich wäre Ihnen dankbar, wenn Sie dies zukünftig noch mehr als bisher auch in Ihrem Arbeitsalltag berücksichtigen würden."

Schüffner wusste, dass er verloren hatte und nun gänzlich von der Gnade dieses Sadisten abhängig war. Zu Boden blickend, fragte er bloß noch: „Ist das Ihr allerletztes Wort?"

Nun war es an Friedhardt die Stimme zu heben: „Wollen Sie wirklich mein allerletztes Wort hören? Ich sage Ihnen unter uns beiden jetzt mal etwas in aller Deutlichkeit: Wenn ich Ihnen schon Ihren nichtsnutzigen Arsch rette, dann erwarte ich dafür im Gegenzug aber auch, dass Sie sich wenigstens verdammt nochmal erkenntlich zeigen. War Ihnen das jetzt deutlich genug, nachdem eine freundlichere Formulierung ja offenbar nicht ankommt, oder brauchen Sie noch eine Extraeinladung?"

Schüffner blickte auf und erwiderte: „Nein, ich denke, Sie waren deutlich genug und ich werde Ihre Wünsche entsprechend umsetzen. Aber bitte gestatten Sie noch eine Frage: Wie wollen Sie die Dienststelle und mich zukünftig vor vergleichbaren Aktionen Mackie Müllers schützen? Dies hier dürften nicht die einzigen Abzüge sein, über die er verfügt."

Friedhardts eisblaue Augen blickten hart wie Stahl als er antwortete: „Was denken Sie denn? Der Erpresser, von dem ich mich beeindrucken lasse, der muss erst noch geboren werden. Ich werde mit diesen Bildern hier zum Richter gehen und eine Verfügung gegen diesen Müller erwirken, die sich gewaschen hat, zumal er für seine vorausgegangenen Schelmereien noch auf Bewährung ist. Wenn sich dieser miese kleine Wichser unserer Dienststelle oder Ihnen und Ihrer Familie zukünftig auch nur auf weniger als ein paar Dutzend Meter nähert, wird er sofort einfahren und nicht mehr so schnell rauskommen. Der soll es noch einmal wagen, nach der helfend ausgestreckten Hand unseres Staates zu schlagen, dann wird er spüren, dass selbige Hand ihn, zur Faust geballt, genauso auch zermahlen kann. Und jetzt gucken Sie nicht so entsetzt. Der Richter hat schon Abartigeres gesehen als die paar Bildchen von ihren kleinen Freizeitvergnügungen, wird professionell die Klappe halten und hält sowieso mindestens genauso wenig von Ihnen wie ich. Es gibt also sowieso keine Reputation, um deren Erhalt Sie sich noch zu sorgen bräuchten. Wenn es Ihrerseits keine weiteren Punkte geben sollte, würde ich diese Unterredung nun meinerseits als beendet betrachten. Oder haben Sie noch Fragen?"

Schüffner stand auf und schüttelte den Kopf: „Keine weiteren Fragen, Herr Oberstaatsanwalt. Ich werde mich dann den neuen Ressorts zuwenden."

„Tun Sie das", entgegnete Friedhardt und wandte sich wieder seinem Bildschirm zu. Erst als Schüffner das Büro des Oberstaatsanwalts wie ein geprügelter Hund verlassen hatte, lehnte er sich entspannt zurück und mochte es selbst kaum glauben, wie erfolgreich er gleich zwei Probleme gelöst hatte. Zum einen waren die beiden Ressorts nun versorgt und zum anderen würde es Schüffner in seiner aktuellen Situation nicht wagen dabei herumzuschlampern oder sich gar zu beschweren. Dass sein Untergebener sich dabei übernehmen musste, war ihm herzlich egal. Er würde ihn solange ausnutzen, wie er noch performte, ihn anschließend in eine Nachbarabteilung entsorgen und sich einen neuen Mitarbeiter zuweisen lassen.

Oberstaatsanwalt Friedhardt war zufrieden mit sich und der Welt, seiner Welt, die ihm solche Möglichkeiten bot. Für Menschen wie Schüffner, die Unübliches wollten und sich damit erpressbar machten, hegte er nur Verachtung. Friedhardt selber wollte Übliches, nämlich Karriere, Macht und Anerkennung; dem war er bereit alles Menschliche unterzuordnen. Leider war das, wobei sich Schüffner hatte erwischen lassen, nicht unmittelbar strafbar, zumindest noch nicht. Dabei wollte der Oberstaatsanwalt ihn gar nicht unbedingt im Gefängnis sehen, sehr wohl aber unter seiner disziplinarischen Knute, unter der er dann noch viel besser erpressbar sein würde. Ja, wenn wieder eine Zeit kommen würde, in der man unsittliche Nähe mit Strafsatzungen belegen und diejenigen, die danach süchtig waren nur allein aufgrund ihrer Neigungen würde erpressen können, das wäre wirklich ein goldenes Zeitalter für ihn. Jedoch fiel dem Oberstabsanwalt noch kein realistisches Szenario ein, im Rahmen dessen eine solcherart erzwungene Disziplinierung der Menschen implementierbar sein würde. Doch wer wusste schon, was das Leben noch alles für einen bereithielt? Trotzdem war es aus seiner Sicht einfach nur ein Jammer, dass seinerzeit der §175 des Strafgesetzbuchs, mit dem sich davor ein so wundervoller Erpressungsterror gegen die Freunde der gleichgeschlechtlichen Körperlichkeit hatte realisieren lassen, von den liberaleren Geistern abgeschafft worden war. Wie hätte er Schüffner damit erst unter Druck setzen können!

11. Ruhe im Busch

„Nun ist der Lümmel zahm!“
Mephistopheles in *Johann Wolfgang von Goethe*, **Faust**

Samstag, 05.05.2018

Mackie stand im Schatten. In den Schatten kannte er sich von jeher sehr gut aus. Sie hatten ihn begleitet, seit er zurückdenken konnte. Früher hatte er sie einmal gefürchtet, inzwischen aber waren sie ihm vertraut geworden und spendeten ihm zwar keinen Trost, aber Sicherheit, mehr Sicherheit zumindest, als Licht und Zwielicht es zeit seines bisherigen kurzen Lebens je gekonnt hatten. Der große Vorzug der Schatten war, dass er aus ihnen heraus seine Umwelt beobachten und zugleich dabei unsichtbar bleiben konnte.

Aus den Schatten und zugleich aus sicherer Entfernung betrachtete Mackie nachdenklich das Licht, das aus dem Wohnzimmerfenster der Schüffners fiel. Aus der Distanz waren die Gestalten von Frank und Victoria Schüffner, die sich in dem hell erleuchteten Raum bewegten, nur als schwache Schemen zu erkennen. Das Licht markierte zudem in deutlicher Trennschärfe die Grenze zwischen seiner Welt und der ihren. In ihrer Welt waren sie für Mackie gleichsam unerreichbar. Dies war auch schon immer so gewesen, nicht erst aktuell, da in der Innentasche seines Trenchcoats die gerichtliche einstweilige Verfügung steckte, die es ihm unter Strafandrohung verbot, sich den beiden auf mehr als 40 Meter zu nähern. Mackie war sich wohl bewusst, wie sich dies auf seine Bewährung auswirken konnte. Und doch hatte ihn das Licht aus der Wohnung Frank Schüffners angezogen wie eine Gaslampe die Motten, auch wenn er es aus der Sicherheit des ihm wohlvertrauten Schattens heraus betrachtete.

In einem leichten Anflug der Selbstüberschätzung fragte sich Mackie, ob sich Frank seiner Nähe bewusst sein mochte, sie vielleicht sogar fürchtete oder wenigstens ein leichtes Unwohlsein bei dem Gedanken verspürte. Er verscheuchte den Gedanken jedoch sogleich wieder als unrealistisch. Diejenigen im Licht waren viel zu egozentrisch, um jemand anderen als nur sich selbst wahrzunehmen.

Mackie beneidete Frank nicht um das Licht, dessen Paradoxie er sich früh bewusst geworden und die anhand von Franks Beispiel wieder bestätigt worden war. An den Schatten, in denen er sich bewegte, schätze er die Aufrichtigkeit sich selbst gegenüber. Im Kerngebiet der Finsternis konnte sich niemand Selbstbetrug leisten, so dass die Wahrhaftigkeit an diesem Ort geradezu überlebensnotwendig war. Nein, in den Schatten lag Wahrheit. Lüge und

Bigotterie waren Eigenschaften, die im Licht gediehen, und Frank Schüffner repräsentierte sie.

Die Bewegungen der Schemen hinter dem hell erleuchteten Fenster wirkten steril, makellose Fassaden, die sich ihrer Welt angepasst und dabei ihre Seele verloren hatten. Wobei *verloren* Mackie als der falsche Begriff erschien; *aufgegeben* traf den Sachverhalt wohl besser. Ja, es musste wohl eine bewusste Entscheidung gewesen sein, vielleicht zunächst nicht intendiert, aber doch zumindest billigend in Kauf genommen.

Mackie grinste innerlich in sich hinein bei dem Gedanken, welche Erschütterungen sein Enthüllungsbrief in die Welt der lichten Lügen gebracht haben mochte. Sicherlich hatte es eine rührselige Aussprache zwischen den Schüffners gegeben und genauso sicher würde Frank nur das zugegeben haben, wovon er wusste oder zumindest mit einiger Wahrscheinlichkeit davon ausgehen musste, dass es sowieso entweder bereits offenlag oder noch herauskommen würde. Dabei dürfte er so getan haben, als wäre das, was er mit voller Absicht und in vollem Bewusstsein möglicher sozialer Konsequenzen getan hatte, ein bedauerlicher Zufall, ja, beinahe ein Missverständnis gewesen. Mackie wäre dabei dennoch gerne Mäuschen gewesen. Nach seiner externen, auf Beobachtung basierenden Einschätzung von Franks Frau dürfte es recht turbulent geworden sein; so turbulent zumindest, wie es bei lebensfernen intellektuellen Zombies wie den Schüffners überhaupt werden konnte. Vermutlich war es sowieso seit langer Zeit die erste authentische Emotion in dieser ehelichen Gemeinschaft gewesen.

Lange hatte Mackie darüber nachgedacht, wie er Frank die erneute Demütigung, die er nun in Form des gerichtlichen Schreibens in seinem Trenchcoat trug, heimzahlen konnte, so dass es nicht immer die gleichen Mächtigen waren, die gewannen. Wobei der Begriff der *Mächtigen* hier zweifellos nicht den Kern der Sache traf. Lakaien bzw. Arschlecker der Mächtigen beschrieb Mackies Einschätzung nach die Sachlage schon richtiger. Aber selbst solche Kreaturen zogen Menschen wie ihm gegenüber dennoch regelmäßig den Längeren. Aus einem Grund, der Mackies pragmatischer Natur nicht ersichtlich war, schien Frank eine völlig irrationale Passion für seine augenscheinlich nur durch Egozentrik und leicht zu kränkende Eitelkeit definierte Gattin zu empfinden. Er glaubte sich ein solches Urteil über Victoria Schüffner auf der Basis seines Talents als intuitiver Menschenkenner sowie ausgiebiger

Beobachtung aus den zu seiner zweiten Natur gewordenen Schatten heraus durchaus zutrauen zu können.

Dass er Frank hart treffen konnte, indem er Victoria etwas zustoßen ließ, wusste Mackie, obwohl er sich durchaus fragte, auf welcher Ebene konkret er seinem Kontrahenten damit Schmerzen bereiten würde. Wäre es echtes Bedauern um sie als Person? Oder würde Frank vielmehr die Zeit betrauern, die er dann definitiv ohne *Return-of-invest* in sie investiert haben würde, Zeit, die er alternativ seiner geliebten Karriere oder anderen, intensiveren Vergnügungen, vielleicht am Ende gar interessanteren potenziellen Partnerinnen hätte widmen können? War Frank zu altruistischer Liebe einer anderen Person gegenüber überhaupt befähigt oder liebte er, wie die meisten, am Ende des Tages doch ausschließlich sich selbst, so dass Victoria eher ein liebgewonnenes Accessoire für ihn war, dessen mutwillige Zerstörung durch Mackie er als Stich ins eigene verlogene, eitle Herz empfinden würde? Und dieses Accessoire zu zerbrechen würde Mackie ein Leichtes sein. Gerade eitle, egozentrische Menschen wie Victoria, die sich für völlig unberührbar und damit auch unangreifbar halten mochten, waren seiner Erfahrung nach völlig hilflos und überfordert, wenn sie sich mit der trivialen Unmittelbarkeit physischer Brutalität konfrontiert sahen. Und eine Zeitlang hatte er ernsthaft mit dem Gedanken gespielt, Frank Schüffners affektiertes Püppie zu sich in die Schatten zu holen und ihre Arroganz durch Vergewaltigung zu brechen. Er machte sich dabei keine Illusionen; nicht einmal als schlotterndes Häufchen Angst würde sie ein guter Fick sein; diesbezüglich konnte er Franks Sehnsucht nach extradyadischen Kontakten durchaus verstehen. Aber darum ging es nicht; er würde es verstehen, in einer Weise auf ihrer Klaviatur zu spielen, dass von Frank Schüffners Luxusaccessoire am Ende nur noch ein völlig fertiges Psychowrack übrig sein würde. Und es würde ihm leichtfallen, Franks glänzende Scheinwelt innerhalb eines Abends damit zu zertrümmern.

Eine Zeitlang hatte sich Mackie in diesen Rachenphantasien gesonnt und sich bei der Vorstellung, wie sich Victoria um Gnade winselnd unter ihm winden würde, auch mehr als einmal einen runtergeholt, dann aber gedanklich doch davon Abstand genommen. Erstens würde er als Hauptverdächtiger sofort im Fokus der Ermittlungen stehen, was ihn unmittelbar aus seinen geliebten Schatten ins Licht bringen musste, selbst wenn sie ihm nichts nachweisen konnten und das würden sie nicht können. Zweitens und ungleich wichtiger war jedoch, dass er sich schließlich nicht mehr sicher war, ob er Frank Schüffner damit nicht am Ende einen Gefallen tun würde. Wahrscheinlich würde der pragmatische Staatsanwalt eine Zeitlang versuchen, seine Gattin wieder aufzubauen, schließlich jedoch zu dem Ergebnis kommen, dass es aussichtslos war, konsequenterweise schlussfolgern, dass es sich nicht mehr lohne, sie in eine Pflegebetreuung abgeben und damit wieder frei sein. Und diesen Gefallen würde Mackie ihm nicht tun, oh nein, ganz sicher nicht.

Das Leben, das dieser aktuell in seinem Geflecht aus Lebenslügen im goldenen aber sterilen Käfig führte, war die viel größere Strafe für Frank Schüffner und er würde den Teufel tun, ihm diese Strafe abzukürzen. Victoria Schüffner war für Mackie letztlich auch nur ein weiterer Beweis für die Weisheit des Volksmunds, dass ein jeder die Partnerin bzw. den Partner bekam, wie er sie verdiente. Frank Schüffner würde weiter das Büßerhemdchen des reuigen Ehebrechers tragen dürfen, gleichsam mit dem assoziierten Vertrauensverlust und der emotionalen Kälte weiterleben. Nach außen hin würde er sein Accessoire behalten und nach innen jene Leere, die ihn zuvor aus der verlogenen Sterilität des Lichts seiner Welt in die Verlockungen der Halbwelt der Schatten getrieben hatte, dorthin, wo das Leben pulsierte. Und diese Strafe für Frank würde ohne Aussicht auf Hafterleichterung oder vorzeitige Entlassung wegen guter Führung abzuleisten sein.

Vom Grundsatz her konnte Mackie verstehen, dass Frank diese Bigotterie angeekelt und dass er sich daher nach der Wahrhaftigkeit in den Schatten gesehnt hatte, allerdings wohldosiert und immer mit Rückfahrkarte zurück in seine Welt. Doch nicht nur die Wahrheit war den Schatten zueigen sondern auch die Grausamkeit, eine Grausamkeit, der dieser schwache Intellektuelle wenig bis nichts entgegenzusetzen hatte. Ein Frank Schüffner hatte nicht das Format literarischer Vorbilder wie eines Henry Jekyll und Edmond Hyde oder gar eines James Moriarty; am Ende des Tages blieb er doch ein experimentierfreudiger aber feiger Spießbürger, ein typischer Nettozahler für jene, die sich in den Schatten eingerichtet hatten. Und seine absolute Angewiesenheit auf Diskretion hatte ihn schließlich angreifbar gemacht.

Mackie dagegen hatte sich die Grausamkeit der Schatten, trotz initialer Furcht davor, früh zu eigen gemacht. Denn anders als Frank, der zweifellos in einer behüteten Welt sozialisiert worden war, hatte Mackie das Instrumentarium der Grausamkeit von früh auf in seiner Breite studieren und kennenlernen können. Er wusste bis heute nicht, wer eigentlich sein Vater war, dafür war seine mit Verachtung besetzte Erinnerung an seine Mutter, eine drogenabhängige Nutte, die schließlich an einer Überdosis gestorben war, umso lebendiger. Zur Zeit seiner Empfängnis war sie mit einem Typen zusammen gewesen, der sich daran aufgeilte, sie ungeschützt von zahlenden Freiern ficken zu lassen und anschließend in ihrer besamten Muschi schlammzuschieben. Damals lief das Geschäft, wie sie im Suff einmal zugegeben hatte, fett und abgetakelt wie sie seinerzeit schon war, nicht eben gut. Der einzige Freier, an den sie sich aus jener Zeit erinnerte, war ein einsatzfrustrierter namenloser Soldat aus den ersten Jahren des Ex-Jugoslawienkriegs in den 90ern gewesen, der ihr gedankenlos in die Muschi gespritzt hatte und danach auf immer verschwunden war, nachdem er, einem seltsamen Fetisch nachgehend, ihre von ihm und anschließend ihrem Typen vollgesiffte Nuttenmöse ausgelutscht hatte. Ihr Typ selbst hatte sich damals schon einer Sterilisationsoperation unterzogen gehabt und kam entsprechend als Mackies Vater nicht in Frage, wofür er all den Göttern, an die er nicht glaubte, dankte, so fertig wie der Kerl gewesen war. Seine Mutter, selbst völlig unfähig, sich um ein Kind zu kümmern, hatte ihn abgegeben, was er ihr nie verziehen hatte. Die Sanitäter hatten, unfähig sich die Wahrheit auch nur vorzustellen, seinen mitleidlosen Blick auf ihre teilverkohlte Leiche für ein Zeichen des Schocks gehalten, als er an jenem denkwürdigen Tag anwesend war, an dem sie sich und ihr Loch von Behausung im Drogendelir schließlich selbst angezündet hatte. Von Beginn an war er in verschiedenen Betreuungseinrichtungen aufgewachsen, wo er schnell lernte, dass die Mächtigen immer gewannen und man ihnen besser zu Willen war. Dieses zu-Willen-Sein war zunächst, insbesondere in seinen jungen Jahren und gegenüber stark bestückten Mächtigen, eine schmerzhafte Erfahrung gewesen und er hatte durchaus auch körperliche Schäden davongetragen. So hatte er sich das eine ums andere Mal gleichwohl unter Therapie spurenlos abheilende Geschlechtskrankheiten eingefangen und durch bloßes Glück war ihm eine HIV-Infektion erspart geblieben. Dennoch war es für ihn eine lehrreiche Schule gewesen, denn tatsächlich war er nicht daran zerbrochen sondern hatte vielmehr gelernt, mit den Obsessionen seiner Peiniger zu spielen und sie sich gefügig zu machen, indem er ihnen gab, was sie sich ersehnten und andernorts nicht fanden. So hatte er selbst schließlich Macht über die Mächtigen gewonnen, keine Macht des Lichts aber die Macht der Schatten und, wie schon de Sade in seiner *Juliette* vorausgesagt hatte, zeigten sich die Mächtigen durchaus erkenntlich.

Dabei hatte sich Mackie niemals Illusionen gemacht, dass die Macht und die Seilschaften derer im Licht seine Schattenwelt nicht jederzeit nach Belieben zum Einsturz bringen konnten, wie er in ersten Experimenten seiner neuentdeckten Selbstermächtigung erfahren musste. Das Ringen von Licht und Schatten war ein ständiges Äquilibrium, das nicht zu stark aus dem Gleichgewicht gebracht werden durfte. Zwar würden jene im Licht immer den Schatten benötigen, weil vom Wasserpredigen die Lust auf den Wein eben doch nicht verschwand, jedoch durfte dabei der Schein der Dominanz des Lichtes nie in Frage gestellt werden. Solange dies gewährleistet blieb, schützte das Licht jedoch *seinen* Schatten, was ihm schon mehrere Gefängnisaufenthalte erspart hatte, während er die eigene Macht in den Schatten ausbaute und festigte.

Ganz klar war es Mackie schlussendlich nicht, warum ihn gerade dieser Spießer Frank Schüffner so sehr dazu verleitet hatte, gegen die ehernen Grundsätze seines Burgfriedens mit denen im Licht zu verstoßen. Er kannte beide Welten doch eigentlich gut genug um zu wissen, dass Gerechtigkeit nur ein geschmackloses Märchen war, mit dem die Mächtigen ihre Dominanz gegenüber den Ohnmächtigen pseudorechtfertigten. Dabei wusste niemand so gut wie Mackie, dass Macht weder eine Begründung benötigte noch sinnvollerweise haben konnte. Es gab sie einfach, Punkt. Vielleicht gerade deshalb hatte es ihn provoziert, dass nun auch die eigentlich nicht wirklich mächtig zu Nennenden unter denen im Licht begannen, in die Schatten vorzudringen und dort die Herren zu spielen. So hatte er der Machtprobe nicht widerstehen können, die er nun verloren hatte, was ihn dazu zwang, noch tiefer in den Schutz der vertrauten Schatten einzutauchen.

Mackie verlor nicht gern und der Gedanke, gegen einen Schwächling und Versager wie Frank Schüffner verloren zu haben, erfüllte ihn mit an Verzweiflung grenzendem Widerwillen. Andererseits, hatte er denn wirklich verloren, zumindest so vollständig, wie es sich gerade für ihn anfühlte? Sicher, er konnte sich den Schüffners nicht einmal mehr nähern, ohne dadurch seine Bewährungsauflage zu gefährden. Aber brauchte er das überhaupt noch?

War seine Rache nicht im Grunde bereits vollzogen, indem er Frank zum bußgängerischen Coming-out gezwungen hatte? Damit war dieser nun wieder vollumfänglich im Licht und dort war er vor ihm, Mackie, sicher. Die Frage war, was ihm diese Sicherheit wirklich bedeuten mochte, was er dafür hatte aufgeben müssen.

Die Schatten, in denen zu experimentieren Frank sich angeschickt hatte, hatten ihn ausgespien wie einen unverdaulichen, ja, wie einen widerwärtigen Bissen. Abstinenz war der Preis, den er für seinen Schutz vor Mackie nun würde zahlen müssen und zugleich die Rückkehr in sein Geflecht aus Lügen. Denn Mackie zweifelte ernsthaft daran, dass Frank noch einmal hinreichend Selbstbetrug aufbringen konnte sich selbst einzureden, er würde die Freuden der Schatten nicht vermissen, nachdem er sie nun einmal kennengelernt hatte. Oh nein, Mackie würde dem ihm wertvollen Accessoire, das diese Victoria für ihn darzustellen schien, kein Haar krümmen. Franks Strafe würde sein, dass er der ganzen spießbürgerlichen Bigotterie exponiert blieb, in der so würdelosen wie jammervollen Position des reuigen Sünders, unter kontinuierlicher misstrauischer Beobachtung, ob er nicht vielleicht doch rückfällig würde und ohne einen Hauch von Aussicht auf Erlösung. Dabei würde er sich selbst dabei zuschauen können, wie er in Langweile alt würde, wobei Mackie ihm von Herzen ein langes, ödes, freudloses Leben in Verzicht und Hoffnungslosigkeit wünschte, gefangen in seinem goldenen Käfig, jede seiner Bewegungen dabei sichtbar und transparent. In seinem Käfig des Lichts würde er dauerhaft seine Sehnsüchte verleugnen müssen, dabei als Entgleisung und Charakterschwäche geißeln, wonach er sich im Grunde sehnte und was die Ödnis seiner erbarmungswürdigen Existenz nicht für ihn bereithielt. Ferner würde er vorsichtig seine verbliebenen Lügen hüten müssen, in ständiger Abwägung, was er nun schon offengelegt hatte und was weiter für immer verborgen bleiben musste, während Franks Umwelt für seine Sehnsüchte nur Verachtung und Ablehnung übrig hatte. So würde sich wieder Lüge um Lüge winden in der Welt des Lichts, in der alles transparent zu sein schien und in der doch niemand fähig oder bereit war zu verstehen.

Bei diesen Überlegungen stahl sich wieder ein malevolentes Lächeln auf Mackies Gesicht. Konnte es sein, dass die Grausamkeit des Lichts, obwohl ungleich subtiler, in ihrer Konsequenz jener der Schatten in wenig nachstand? Mackie machte sich keine

Illusionen; Frank Schüffner und ihn trennten nicht die wenigen dutzend Meter Abstand, aus denen er ihn und Victoria gerade durch ihr erleuchtetes Wohnzimmerfenster beobachtet – sie beide trennten Welten. Und doch war sich Mackie in diesem Moment sehr sicher, dass er nicht mit Frank Schüffner würde tauschen wollen. Mochte dessen Welt auf Leute wie ihn, Mackie, auch als Abschaum herabblicken, was sie hinter ihren humanistischen Fassaden ohne Zweifel taten, so verfügte er doch über ein mehr an Freiheit, das sie in ihrer selbstauferlegten Bigotterie niemals erreichen würden. Seine Entscheidung für ein Leben im Schatten war zugleich der bewusste Ausgang aus der von den meisten Menschen selbstgewählten Scheinheiligkeit und diesen Schritt bedauerte er keinen Augenblick lang.

So warf Mackie der sterilen, lichtdurchfluteten Welt der Schüffners noch einen letzten verachtungsvollen Blick zu, bevor er sich umdrehte und in den Schatten verschwand.

Auf der anderen Seite des Wohnzimmerfensters saß Frank Schüffner auf der Couch der ehelichen Wohnung und blickte gedankenverloren brütend in die von den Laternen nur matt erleuchteten abendlichen Straßen vor seiner Wohnung. In der Hand hielt er ein Whiskyglas, an dem er jedoch kaum genippt hatte und in dem langsam das Eis schmolz, was die braune Flüssigkeit Nuance um Nuance heller werden ließ. Die Stimmung war frostig. Victoria würdigte ihn kaum eines Blickes und wechselte nur die nötigsten Worte mit ihm. Der Klang ihrer Stimme war dabei schneidend wie Glas.

Wie schon mehrfach in den Tagen zuvor fragte sich Frank, ob er nicht einfach die Sache abkürzen und sich eine Kugel durch den Kopf schießen sollte. Im Keller musste noch irgendwo die alte Derringer liegen, jener Vorderlader, den er sich vor vielen Jahren mal als geschmackloses Accessoire im Waffenladen legal gekauft und dann doch nie bei sich aufgehängt hatte. Schwarzpulver dafür war zwar nicht so einfach beschaffbar, soviel Wissen traute er sich aus dem Schulchemieunterricht aber noch zu, um dies zur Not alleine herstellen zu können. Er würde sich einfach den kurzen Lauf der Waffe in den Mund stecken, ein schnell vorübergehender Schmerz und alle Probleme würden sich in Pulverdampf auflösen, während sein blutiges Gehirn in Schlieren von der Tapete rann. Anders als bei dem Drogengemisch, mit dem er Monate zuvor experimentiert hatte, blieb er zudem bis fast zum Ende Herr der Lage.

Zugleich aber wusste Frank, dass er nichts dergleichen tun würde. Stattdessen spannte sich seine Handmuskulatur um das Whiskyglas, dass die Fingerknöchelchen bleich hervorstachen, während sein Blick starr aus dem Fenster und ohne festen Fokus ins Leere gerichtet blieb. Frank Schüffner war ein Feigling und er machte sich diesbezüglich auch nichts vor. Flüchtig kam ihm das Brecht-Zitat Traurig- das- Land,-das-Helden-nötig-hat in den Sinn, doch auch das routinierte Wegintellektualisieren, mit dem er seine permanente Flucht vor dem ihm kaum erträglichen eigenen Dasein üblicherweise kaschierte, fühlte sich heute noch schaler an als sonst. Ein Teil von ihm umarmte die Leere, doch ein anderer, gleichsam größerer, in ihm fürchtete sie. In Momenten wie diesen spürte er deutlich, dass sein Leben wenig bis nichts Authentisches hatte, Fassade auf Fassade, hinter denen sich Angst und Einsamkeit verbargen, wenn man sich die Mühe machen wollte sie abzutragen. Solange er sich von sich selbst ablenken konnte, kam ihm die Scharade halbwegs erträglich vor. Grausam waren jene Augenblicke, in denen er soweit auf sich selbst zurückgeworfen war, dass er nicht umhin kam, der eigenen Gehaltlosigkeit ins bleiche Gesicht zu blicken, ohne Ecken, ohne Kanten, ohne Inhalt, ohne Leben.

Mit einer bewussten Anstrengung versuchte Frank Schüffner, die kreisenden, dysfunktionalen Kognitionen zurückzuweisen und sich gedanklich zur Ordnung zu rufen. Disziplin, das war sein Mantra gewesen, mit dem er versucht hatte jenes zu realisieren, das man gemeinhin als einen sozialen Aufstieg bezeichnete, gleichsam sein Dogma, das ihm Halt und Stabilität und Sicherheit verliehen hatte. Stabilität schließlich war etwas gewesen, das er von Anfang an bitter nötig gehabt hatte, als ihm schon früh im Kindesalter klar geworden war, dass er anders war als die anderen und zugleich in einer Umwelt lebte, die, trotz gegenteiliger Lippenbekenntnisse, Anderssein mit Hass und Ablehnung quittierte. Frank war nicht so unsensibel gewesen, die Ablehnung seiner Peer-Gruppe nicht deutlich zu spüren und sie war von Beginn an ausgeprägt gewesen. Seine Eltern hatten dies weder verstehen noch ihm helfen können. Als er im Alter von nicht ganz 11 Jahren den regionalen Mathematikwettbewerb mit voller Punktzahl gewonnen hatte und daraufhin in Tränen ausgebrochen war, hatten sie dies als exzentrische

Überreaktion interpretiert, dabei hatte er bloß in aller Klarsicht seine Zukunft als Außenseiter sich vor ihm auftun sehen.

Es wäre zu einfach gewesen, sich einzureden, dass seine Umwelt mit Neid auf ihn reagiere, denn dies tat sie nicht. Die formelle Anerkennung, die ihm entgegengebracht worden war, war die Bewunderung, wie sie auch einem gut dressierten Zirkuspferd zukam – geprägt von abstraktem Interesse, jedoch ohne einen Hauch innerer Anteilnahme. Die damit verbundene Botschaft war stets klar gewesen: Bleib mir vom Leib, Du Freak! Und während im Jugendalter seine Schulkollegen ihre ersten amourösen Abenteuer durchlebten, hatte er sich auf Pornographie den Schwanz wund onaniert, allein und ohne realistische Aussicht auf Sexualität außerhalb der eigenen Phantasie.

Wie ihm später im Studium im Gespräch mit Kommilitonen klar wurde, gab es einige, die ähnliche Erfahrungen des Ausgeschlossenseins hatten machen müssen. Viele hatten darauf mit dem Versuch der Anpassung, einem sozialverträglichen Understatement, reagiert, dabei wohl wissend, dass man innerhalb der Peer-Gruppe zwar mit überlegener Sportlichkeit und Körperkraft, niemals aber mit überlegenem Intellekt prahlen durfte, wollte man nicht geächtet sein. Selbst im Erwachsenenalter waren viele Menschen fortgesetzt der Meinung, kleine Einsteins sein zu können, wenn sie es nur wollen würden, da auch sich selbst gegenüber das Eingeständnis eingeschränkter Kognition offenbar eine soziale Unmöglichkeit darstellte. Anders als seine Kommilitonen in deren Schulalter war Frank jedoch nicht bereit gewesen, sich unsichtbar zu machen und hatte sein Anderssein, das er nicht verstecken konnte, schließlich mit einem gleichwohl defensiven Trotz vor sich hergetragen, dabei darauf hoffend, dass es besser würde, wenn er erst das provinzielle Umfeld seiner Kindertage hinter sich gebracht hätte und ihm ein sozialer Aufstieg gelungen wäre.

Frank lächelte müde und zugleich desillusioniert, als er, mit dem Whiskyglas in der Hand, an die ambitionierten Träume zurückdachte, die er mit dem Verlassen des elterlichen Haushalts verbunden hatte. Der soziale Aufstieg war einerseits sein Ziel, andererseits jedoch für ihn kein Selbstzweck gewesen; vielmehr hatte er ihn als Mittel zum Zweck geplant. Der Zweck hätte für Frank darin bestehen sollen, im Rahmen eines Klassenaufstiegs einen Ort zu finden, an dem er hätte dazugehören und, wichtiger noch, mitgenießen können. So hatte er einen naiven Traum von hedonistischen Upper-Class-Partys geträumt, gestützt auf 60er-und-70er-Jahre-Legenden aus der Zeit der sogenannten sexuellen Befreiung.

Wieder musste Frank sarkastisch lächeln, als er an diese Naivität seiner jungen Erwachsenenjahre zurückdachte. Dabei war im Grunde auch damals völlig klar gewesen, dass die Gemeinsamkeit der legendären Kommune 1 mit dem Mond darin bestand, dass vergleichbar viele junge Männer davon geträumt haben dürften, ihren Fuß einmal hinein beziehungsweise darauf zu setzen und dies ebenso vergleichbar wenigen tatsächlich gelungen war. Wenn es jene ominösen hedonistischen Upper-Class-Partys überhaupt je in größerem Umfang gegeben hatte, so waren sie für ihn unerreichbar geblieben. Die kleinbürgerliche Spießigkeit, vor der Frank aus der provinziellen Umgebung seiner Kindertage hatte fliehen wollen, war ihm im Rahmen seines sozialen Aufstiegs erhalten geblieben, nur eben mit ein wenig mehr Geld in der Tasche.

Was er mit seinem Studium und mit der seiner Zwanghaftigkeit geschuldeten Streberei tatsächlich erreichte, hatte vielmehr darin bestanden, seine Kognition weiter zu trainieren und damit jenen Abstand zum Großteil seines Umfelds, der ihm schon im Schulalter zu schaffen gemacht hatte, zusätzlich zu vergrößern. Das ironische Bonmot des Volksmunds, dass, wer sich zu breit bilde irgendwann nicht mehr durch die Tür passe, beschrieb die Problematik Franks Erfahrung nach im Grunde gar nicht schlecht. Was er gesucht hatte, war ihm verwehrt geblieben.

Bei diesem deprimierenden Gedanken nahm er schließlich den ersten Schluck aus seinem Glas und der Whisky rann, ein warmes Gefühl hinterlassend, mit rauchigem Brennen durch seinen Rachen in Richtung Magen. Spontan fiel ihm ein vor Jahren einmal mit Belustigung von ihm zur Kenntnis genommenes Plakat der Anonymen Alkoholiker ein, auf dem Alkoholismus-ist-keine-schlechte-Angewohnheit gestanden hatte. Frank sprach dem Alkohol eher selten und in Maßen zu, in Momenten wie diesen konnte er die Ironie jener Semantik jedoch sehr gut nachvollziehen; sich zu betrinken fühlte sich zuweilen wirklich gar nicht schlecht an.

Doch der spontane Anflug flachen Amüsements währte nur kurz und hinterließ ein schales Gefühl. Am Problem, wie er es wahrnahm, änderte er nichts, auch wenn Frank sich einen kurzen selbstkritischen Moment lang fragte, was er gegebenenfalls selbst falsch gemacht haben könnte. Doch die Selbstkritik verging schnell und was blieb, war ein Gefühl hoffnungsloser Resignation. Das A-dorno-Bonmot Es-gibt-kein-richtiges-Leben-im-falschen blitzte kurz in seinem Bewusstsein auf, wenn auch komplett neu kontextualisiert. Frank hatte früh das Gefühl gehabt, dass etwas falsch lief in der Wahrnehmung einer Gesellschaft, die Lust im Wesentlich als Schuld, Versündigung, Unterdrückung und Ausbeutung dachte, die belohnenden und glücklich machenden Aspekte dabei ausblendend. Wenn überhaupt, erschien ihm das heterosexuelle Begehren in seiner Zeit als ein Ausdruck von Selbstvermarktung und Eitelkeit; kaum jedoch als das, was es sein könnte oder aus seiner Sicht auch sollte, nämlich ein lustvolles und zugleich harmloses Vergnügen.

Franks Gesicht verzog sich zu einem humorlosen Lächeln, als er sich im Zusammenhang mit dem Eitelkeitsmotiv an die Mausutopia-Experimente zurückerinnerte, in denen der Niedergang von Nagerpopulationen unter Dichtestress trotz hinreichender Nahrungsversorgung demonstriert worden war. Selbst unter den Nagern hatte es bereits die sogenannten Schönen gegeben, die ihre Zeit damit verbrachten, sich zu putzen und ihr Fell zu glätten, dabei jedoch jegliches Interesse an interaktiver Sexualität verloren hatte. War Eitelkeit jene finale Emotion, mit der einmal der gesellschaftliche Niedergang einhergehen würde; eine Fixierung auf narzisstisches Selbstinteresse, das keinen Platz mehr für Interesse an anderen ließ, selbst wenn dadurch interaktive sexuelle Befriedigung unmöglich gemacht wurde? Und was war unter diesem Blickwinkel mit ihm selbst? War er einer jener Schönen, die in konsequentem Selbstbezug am Leben vorbeilebten? War die Tristesse seines Lebens die Folge davon oder hieße dies, aus der Not eine Tugend zu machen und sich selbst illusionär mehr Selbstermächtigung zuzuweisen, als ihm tatsächlich zukam? War er nicht einfach, auch wenn dies zuzugeben noch mehr schmerzte, an seinen eigenen Unzulänglichkeiten gescheitert?

Andererseits: War er denn gescheitert? Sein Blick fiel auf Victoria, die ihn seit seinem Geständnis mit ausgesuchter Kälte behandelt hatte. Und doch, sie war geblieben, mehr noch, es war ihr anzusehen, wie schwer es ihr selbst fiel, diese Distanz zwischen ihnen beiden aufrecht zu erhalten. Nähe war immer der Fetisch ihrer Beziehung gewesen, so wie es sexuelle Attraktion umgekehrt nie war; ohne Nähe funktionierte der Mechanismus nicht und das Zusammensein wurde nicht nur sinnlos sondern quälend.

Dennoch brachte keiner von ihnen die Kraft oder auch nur die Motivation auf, dem Ganzen ein Ende zu setzen. War Victoria auch eine Schöne im Maus-Utopia? Vermutlich nicht; mit Egbert hatte sie ja durchaus Freude an der Körperlichkeit; nur eben nicht mit ihm. Und doch war für Frank offenkundig, dass sich hinter der Verletzung aufgrund seines Vertrauensbruchs letztlich vor allem die Verletzung der Eitelkeit seiner Schönen verbarg. Dennoch blieb der Emotionsfetisch tragfähig. Frank fragte sich, ob Victoria diesen Fetisch ebenso durchschaute wie er und falls ja, warum er dann trotzdem so nachhaltig Bestand hatte?

Frank erinnerte sich, wie froh er als Student gewesen war, dass Victoria sich seiner erbarmt hatte, nachdem seine hedonistischen Blütenträume geplatzt waren und ihn die nüchterne Realität seiner sexuellen Unattraktivität auf das andere Geschlecht eingeholt hatte. In ihrem beidseitigen Bedürfnis nach Nähe hatten sie ihre Bindung realisiert und dabei das Trennende ausgeklammert, zuerst in den kraftraubenden Kämpfen ihrer jungen Jahre und später im noch deutlich endgültigeren Schweigen, Leugnen und Ausblenden der zunehmenden Reife.

So sehr Frank auch versuchte, sich in Erinnerung zu rufen, wann denn tatsächlich erstmals Lüge und Selbstbetrug in ihre Beziehung Einzug gefunden hatten, er vermochte es nicht. Der Begriff Lüge traf auch nicht recht den Punkt, denn diese hätte ja ehrliches Interesse am anderen und aktives Nachfragen erfordert. Nein, es war nicht die Lüge gewesen sondern ein nichtausgesprochenes Bündnis des Schweigens, ein *Don't-ask-don't-tell*, das immer weitere Bereiche des gemeinsamen Lebens mit Victoria erfasst hatte. Insofern waren es letztlich auch gar nicht Franks extradyadische Abenteuer, die das Gleichgewicht zwischen ihnen so nachhaltig gestört hatten. Es war vielmehr Franks Geständnis selbst gewesen, das dem Gerüst des Ausblendens und Nichtwahrnehmens schließlich die Grundlage entzogen hatte. Er hatte die stillschweigende Übereinkunft des Nichtbemerkens, die den Nähefetisch garantierte, damit ins Wanken gebracht und somit in seiner Existenz bedroht, wofür er nun bezahlen würde.

Nicht ohne Groll dachte Frank an die vielen seiner Bedürfnisse, die im Schweigen und Ausblenden untergegangen waren, während die Jahre dahinzogen. Und doch war der Nähefetisch stets adäquate Kompensation gewesen, weshalb er auch tunlichst bemüht gewesen war, das Gleichgewicht durch die gebotene

Diskretion nicht zu gefährden, bevor ihn dieser vermaledeite Mackie mit seiner Erpressung dazu gezwungen hatte. Mochte er dafür in der Gosse verrecken!

Obwohl er in seinem Ärger so despektierlich darüber dachte, war sich Frank doch bewusst, dass er Mackie um manche Facetten seiner Schatten zutiefst beneidete, die ihm nun nachhaltig verwehrt waren. Um seine Einsamkeit beneidete er den Luden aber nicht, auch wenn diese mit zahlreichen Freiheiten, weniger Lüge und weniger Versteckspiel vergesellschaftet sein mochte. Frank brauchte die Nähe und wenn Scharade und Selbstbetrug dafür der Preis waren, nun, dann würde er ihn eben entrichten. Er war sich dabei durchaus bewusst, dass sein Charakter nach bürgerlichen Maßstäben als moralisch völlig verkommen bewertet werden musste; es war ihm egal. Er, Frank, jedoch musste diese Gleichgültigkeit der bigotten Bürgerlichkeit gegenüber verstecken, während Mackie das Privileg hatte, sie mit der ungenierten Freiheit des ruinierten Rufs offen zur Schau stellen zu können. Einen Moment lang fragte sich Frank, ob es partiell die damit verbundene größere Authentizität war, die seinem Widersacher bei gleichsam geringerem Aufwand den größeren hedonistischen Erfolg sicherte. Doch bei genauerer Betrachtung war die Antwort vermutlich ungleich trivialer; Mackie sah einfach besser aus. Zudem war er als der Mann im Schatten nicht nur ungleich aufregender, der Schatten brachte es zudem mit sich, dass die weniger vorteilhaften Facetten darin verborgen werden konnten.

Frank dagegen war der Gnadenlosigkeit des Lichts exponiert, jener Transparenz, der er sich als Mensch des öffentlichen Lebens nicht entziehen konnte. Selbst seine gelegentlichen Ausflüge in Mackies Reich der Schatten waren ihm verwehrt, nachdem sein vorausgegangenes Doppelleben nun aufgeflogen war. In der Position des reuigen Sünders wurde ihm nun Haltung abverlangt; das Heucheln innerer Distanz von einem Verhalten, dass er zugleich doch schmerzlich vermisste. Aber die Bigotterie des Lichts war unerbittlich, während er, schwach wie er war, im Schatten nicht dauerhaft überleben würde. Resigniert überlegte Frank, ob Mackies hedonistischer Erfolg nicht einfach dessen Stärke geschuldet war, die ihm, Frank, abging, schob diesen unangenehmen und zu nichts führenden Gedanken jedoch schnell wieder zur Seite.

Nein, Frank Schüffner konnte nur im Licht leben, trotz aller Falschheit und Verlogenheit der Welt des Lichts, so wie Frank auch die symbiotische Nähe zu Victoria brauchte, wenngleich sie ihn kompensatorisch nicht als Mann akzeptierte und sexuell ablehnte. Während Frank jedoch vor seinem Kontakt mit der Halbwelt sexuell nur niemals ernsthaft begehrt worden war, spürte er die Abwesenheit der dort gemachten Erfahrung nun desto schmerzhafter. Andererseits würde er auch keine finalen Konsequenzen daraus ziehen, denn für ebensolche reichte die aus seiner Frustration erwachsene Motivation einfach nicht aus. Stattdessen exponierte er sich der Erbarmungslosigkeit des Lichts, das gleichsam die Aussicht auf das Vergnügen der gesellschaftlich missbilligten Freiheiten nahm, die Mackie im Schatten trotz aller Einschränkungen und juristischen Gängelungen zu einem freieren Menschen machten als ihn. Das Licht war Franks Welt, dabei gleichermaßen seine Sicherheit und seine Nemesis.

So nahm er einen weiteren, diesmal größeren Schluck aus seinem Whiskyglas. Victoria blickte ihn dabei missbilligend an, als sei er gerade dabei, vom Vertrauensbrecher auch noch zum Säufer zu degenerieren. Frank gönnte ihr nicht den Triumph Betroffenheit zu heucheln, morgen wieder, heute nicht mehr. Warm breitete sich das brennende Gefühl des Alkohols in seiner Speiseröhre aus, während sein Blick durch die Schatten der Straße vor dem Wohnzimmerfenster glitt, gleichsam sehnsuchtsvoll auf der Suche nach einem imaginären Traum, der ihm nun für immer entzogen sein würde.

12. Happy End

> „Darum wird ein Mann Vater und Mutter verlassen und an seinem Weibe hangen."
> *Lutherbibel*, **1. Mose 2:24**

Samstag, 14.07.2018

Es war ein warmer Samstagvormittag im Juli, als Frank auf dem Beifahrersitz ihres alten Benz C-Klasse, den Victoria steuerte, erschöpft die Augen zufielen. Zu diesem Zeitpunkt hatte er noch exakt 5 Minuten und 37 Sekunden zu leben.

Die Arbeitswoche war brutal gewesen, wie eigentlich fast immer seit der Aussprache mit Friedhardt, so dass er sich am späten

Abend bereits auf dem Zahnfleisch zum Zug nach Hause geschleppt hatte. Die Worte Vernichtung-durch-Arbeit blitzten in seinem Bewusstsein auf, doch er war zu müde, um sie auch nur historisch der Nazi-Zeit zuzuordnen, in der sie von gleichsam der Effizienz verpflichteten Menschen geprägt worden waren. So verschwanden sie vor der inneren Leere seines Bewusstseins mit der gleichen Gleichgültigkeit, mit der sie zuvor erschienen waren. Es gab in seinem Leben ohnehin nur noch wenig, das ihm nicht gleichgültig war. Was Treueschwüre und die Sorge vor der Entdeckung seines Doppellebens nicht erreicht hatten, war nun der Arbeitslast von zwei zusätzlichen Ressorts nachhaltig gelungen. Er lebte zwar noch, aber er vermisste weder etwas in seinem Leben noch erwartete er irgendetwas. Er war sich nicht einmal mehr sicher, ob er überhaupt noch lebte oder nur noch existierte, irgendwo im Fegefeuer zwischen Tod und Ewigkeit, verdammt zur endlosen Funktion nach Regeln, die andere ihm vorgaben.

In der Beziehung zu Victoria hatte sich nach der proaktiven Aussprache, zu der Mackie Frank durch seine Erpressung gezwungen hatte, für ihn zumindest im weiteren Verlauf überraschend wenig geändert. Die körperliche Distanz war vielleicht initial noch etwas ausgeprägter geworden, die nichtsexuellen Zärtlichkeiten waren jedoch schnell zurückgekehrt. Sexuell war ihre Ehe genauso tot wie vor seiner Beichte. Problematischer war der Vertrauensverlust, doch auch hier hatte sich der Fetisch emotionaler Nähe, der sie verband, als tragfähig erwiesen. Weiter bestand die an Schizophrenie grenzende Abspaltung des unvereinbar Trennenden ihrer Bedürfnisse, das sie beide mit starken Schutzmechanismen ausblendeten, und die damit verbundene partielle Ablehnung. Das Trennende war wie bisher stark genug, Frank die Schmerzen der Ablehnung spüren zu lassen, vor denen er seit Jahren seine emotionalen Schilde hochgefahren und auf die er mit seiner Lösung des graduellen Vertrauens reagiert hatte. Dem verbindenden Element des geteilten Fetischs der Nähe und der Angst ihrer beider extremer Persönlichkeiten vor der Einsamkeit hatte das Trennende, trotz seiner intrinsischen Lügen und Widersprüche, an Stärke jedoch nichts entgegenzusetzen.

Und so hatte Victoria, als er in der Nacht von der Arbeit zurückkam, vorgeschlagen, dass sie mal wieder gemeinsam einen Wochenendausflug unternehmen sollten. Er hatte nichts dagegen einzuwenden, so wie er selten etwas gegen ihre Vorschläge vorzubringen hatte. Seine Nacht war jedoch unruhig und von Albträumen, die insbesondere nichtabgeschlossene Arbeitsaufträge zum Gegenstand hatten, geplagt. Und so war er dankbar gewesen, als Victoria von sich aus anbot, die Fahrt zum Strand am Steuer zuzubringen, nachdem er am frühen Morgen das Frühstück zubereitet hatte.

Die Straßen waren nicht übermäßig voll und es war ein angenehmes Fahren, als Victoria den alten Mercedes auf die Autobahn in Richtung Norden lenkte. Liebevoll blickte sie zum Beifahrersitz, wo Frank gerade eingeschlafen war und sich seine Züge entspannten, während der Schlaf sein Bewusstsein auslöschte. Zu diesem Zeitpunkt hatten beide noch 4 Minuten und 22 Sekunden zu leben.

Victoria wusste, unter welcher Spannung Frank gerade stand und auch wenn sie es ihm gegenüber nicht zugegeben hätte, empfand sie Mitgefühl. Auch wenn er unzweifelhaft Mist gebaut hatte und sie ihm den Vertrauensbruch nach wie vor sehr übel nahm, war sie sich doch ihrer Liebe für diesen seltsamen Mann sicher. Sicherlich war es nicht die Facette der Liebe, die Frank bei ihr so sehr vermisst hatte und die ihn stattdessen in seine bizarren Abenteuer getrieben hatte. Aber das Gefühl war stark und sie war froh, dass er bei allem durchaus gefährlichen Unsinn, den er angestellt hatte, doch nie nach einer echten Alternative zu ihr gesucht hatte, immer nur nach Ergänzungen. Natürlich hatte er verdient, dass sie ihn jetzt ein wenig an der kurzen Leine führte, aber die Suche nach Ergänzungen war durchaus etwas, für das sie Verständnis aufbrachte. Zum Zeitpunkt dieses Gedankens hatten Victoria und Frank noch 3 Minuten und 41 Sekunden zu leben.

Gut gelaunt zur Musik aus dem Autoradio vor sich hin pfeifend, dachte Victoria an ihre eigene Ergänzung. Egbert hatte sich unter der Woche, unter dem Vorwand einer Dienstreise, einige Tage frei genommen, damit sie ihre Feierabende mit ihm verbringen konnte. Sie vermisste ihn jetzt schon, auch wenn er erst kurz vor Franks Rückkehr wieder abgereist war. In vielerlei Hinsicht war Egbert das genaue Gegenteil von Frank und es gab unzweifelhaft Punkte, die sie an ihm hasste. Dazu gehörte insbesondere seine permanente Unzuverlässigkeit, die jegliche Planung mit ihm schwierig bis unmöglich machte. Wenn er aber da war, dann fegte er, anders als der ruhige, planende, kopflastige Frank, wie ein Wirbelsturm durch ihr Leben. Gerade seine Spontanität, sein Hang zu verrückten Ideen, unerreichbaren Zielen und unhaltbaren

Versprechen waren es, was ihr an ihm so gut tat. Mit Egbert konnte sie Luftschlösser bewohnen, wo Frank nur Risiken sah und – unzweifelhaft berechtigt – geringe Erfolgswahrscheinlichkeiten postulierte. Dabei ging es ihr in solchen Augenblicken gar nicht um realistische Einschätzung sondern um das Genießen des Augenblicks voller Optimismus. Egbert dachte nicht wie Frank im Bett an die Arbeit und seine Projekte; wenn er sie liebte und mit ihr schlief, war er ganz bei der Sache und ging darin auf. Keck vor sich hin lächelnd drückte Victoria mit dem rechten Fuß das Gaspedal durch, während sie gut gelaunt an die Höhepunkte dachte, zu denen Egbert sie in den wenigen Tagen geführt hatte. Zu diesem Zeitpunkt hatten sie und ihr Mann noch genau 1 Minute und 26 Sekunden zu leben.

Wenige hundert Meter vor dem Mercedes von Victoria und Frank raste ein alter VW-Lieferwagen über die Autobahn. Der übermüdete Fahrer, den alle nur den Rumänen nannten, hatte den altersschwachen Wagen die ganze Nacht hindurch mit Bleifuß auf dem Gaspedal in Richtung Norden getrieben. Er musste sich beeilen, um die Fähre nach Osteuropa noch zu erreichen, wo er die Ware seines wie üblich schlecht zahlenden Auftraggebers abzugeben hatte. Der Rumäne hasste diesen Job, aber er hatte keine Wahl. Sein alter VW war sein einziger Besitz, aus dem er überhaupt noch ein paar Euro herausschlagen konnte. Zum Glück war er trotz seiner rücksichtslosen Fahrweise noch nie in eine aufmerksame Polizeikontrolle geraten, der aufgefallen wäre, dass Fahrzeugpapiere und TÜV-Plakette gefälscht waren. Der Rumäne war selbst überrascht, wie lange die alte Volkswagentechnik ohne nennenswerte Probleme durchhielt, wenngleich ihm die Bremsbeläge zunehmend Sorgen bereiteten.

Egal, worauf es im Moment ankam, war, dass der Motor nicht schlapp machte. Das Tachometer zeigte immerhin stolze 170 km/h, mit denen er, fast durchgehend auf der Überholspur, durch das öde Flachland auf dem Weg zur Küste raste. Es sah gut aus für seinen Termin. Die Fahrt war zwar eine Tortur gewesen, aber ein paar Scheinchen würden doch in seinem Portemonnaie bleiben und ihm für die nächsten Tage das Überleben sichern, vielleicht sogar einen Besuch in einem seiner billigen Lieblingsbordelle. Und dann würde hoffentlich in Kürze der nächste Auftrag hereinkommen. Der Rumäne hatte einen guten Namen in der Szene. Er lieferte pünktlich und stellte keine Frage, beides Punkte, die seine Auftraggeber zu schätzen wussten.

Gerade wollte sich ein selbstzufriedenes Lächeln auf seine Lippen stehlen, als hinter ihm ein Mercedes älterer Bauart schnell näherkam. Der Rumäne blickte erstaunt auf den Tachometer seines Lieferwagens, dessen Nadel bei voll durchgetretenem Gaspedal weiterhin stoisch bei 170 km/h lag. Angesichts dieser Geschwindigkeit musste sich der Wagen hinter ihm mit mindestens 230 km/h, wenn nicht sogar mehr, nähern. Mercedesfahrer waren ihm seit jeher unsympathisch gewesen, meist Upper-Class-Schnösel und arrogant wie nur irgendwas. Aber der Rumäne wollte keinen Ärger, nicht so kurz vor dem Ziel, und setzte den Blinker nach rechts, um den alten VW-Lieferwagen von der Überholspur zu bringen. Zu diesem Zeitpunkt hatten Frank und Victoria noch zwanzig Sekunden zu leben.

Victoria pfiff gut gelaunt vor sich hin, als der heruntergekommene alte Volkswagen nach rechts blinkte und die Überholspur freigab. Frank zuckte unruhig im Schlaf, als ihr alter Mercedes noch einmal beschleunigte. Victoria dachte verträumt zurück an einen Ausflug mit Egberts Porsche. Rasen mochte unvernünftig sein; dass es Spaß machte, war jedoch unbestreitbar. Als der Mercedes bis auf wenige Wagenlängen zu dem Volkswagen des Rumänen aufgeschlossen hatte, war die verbleibende Lebenszeit von Frank und Victoria auf 5 Sekunden geschrumpft.

Der Rumäne hatte die Überholspur gerade verlassen und steuerte gegen, um nicht zu weit nach rechts in Richtung Standstreifen zu geraten, als mit einem Knacken das Lenkrad des alten Fahrzeugs blockierte. Weder Gefühl noch Gewalt halfen ihm noch, als sich der Wagen langsam aber unaufhaltsam wieder nach links bewegte. Der Rumäne war ein routinierter Fahrer, doch in diesem Augenblick fühlte er nichts als nackte Todesangst. Voller Panik trat er mit seiner ganzen Kraft auf die nicht durch Antiblockiersysteme eingeschränkte Bremse, was dazu führte, dass der Wagen, mit kreischenden Bremsscheiben, noch weiter nach links ausbrach.

Victorias Herz machte einen schmerzhaften Sprung, als sie sah, dass der beinahe erreichte Volkswagen plötzlich mit rauchenden Bremsen zurück auf die Überholspur ausscherte. Dennoch wäre ihr Überleben auch zu diesem Zeitpunkt noch möglich gewesen, hätte sie kaltblütig reagiert, den Fuß auf dem Gaspedal belassen und den Mercedes somit an dem außer Kontrolle geratenen

VW-Lieferwagen vorbeimanövriert. Doch Victoria reagierte nicht geistesgegenwärtig sondern folgte ihrem Instinkt, der ihr zum Abbremsen riet. So wurde der Mercedes bei einer Geschwindigkeit von 210 km/h von dem Lieferwagen mit 140 km/h an der Beifahrerseite getroffen und von der Wucht des Aufpralls in die linke Leitplanke gedrückt. Der Winkel war dabei geringfügig zu stumpf, um das schwere Fahrzeug harmlos an der Leitplanke entlang schrammen zu lassen, wobei es sich weiter abgebremst hätte. Durch die Stumpfheit des Aufprallwinkels jedoch hob der Wagen ab und flog, sich im Flug um sich selbst drehend, in Richtung der Gegenfahrbahn.

Die Gerichtsmediziner, die im Anschluss an die folgende Massenkarambolage die Leichen der Schüffners untersuchten, konnten zumindest einen schnellen und somit mutmaßlich schmerzarmen Tod bestätigen. Frank musste es noch im Schlaf getroffen haben, so friedlich wirkte sein von der Gewalt des Unfalls als einziger Körperteil nicht verheertes Gesicht. Eine sogenannte „hangman's fracture", ein knöcherner Bruch im Bereich der Halswirbelsäule, musste nahezu unmittelbar zum Zeitpunkt des Aufpralls die für die Atmung benötigten Anteile des Stammhirns zermalmt haben. Er war vermutlich noch nicht einmal mehr wach geworden. Auch Victoria konnte nicht lange gelitten haben. Infolge des Hochrasanztraumas fanden sich multiple innere Verletzungen, wovon die gebrochenen Rippen, die sich in Lunge und Herz gebohrt hatten, die junge Frau in kürzester Zeit ad exitum geführt haben mussten. So waren es denn auch bei ihr nicht Schmerz oder Angst, die sich in ihre toten Gesichtszüge in den letzten Sekunden des Lebens eingegraben hatten, sondern ein Ausdruck grenzenloser, ungläubiger Überraschung.

Das Begräbnis der kinderlos nach plötzlichem Unfalltod verstorbenen Schüffners in der Familiengruft der Familie Maurer wurde als ein gesellschaftliches Ereignis mit großer Trauergemeinde zelebriert. Auf Wunsch der Hinterbliebenen zitierte der Pfarrer beim Trauergottesdienst aus dem hohen Lied der Liebe. Auch der Familie weniger nahestehende Trauergäste waren gerührt von der Rede über das glückliche Paar, das nach nur wenigen Jahren aufrichtiger Liebe so tragisch aus dem Leben hatte scheiden müssen. Nicht wenige, darunter auch durchaus ernstgemeinte Tränen flossen. Egbert von Ludevicz saß mit steinernem Blick allein in der vorletzten Kirchenbank, nachdem er zuvor den

Angehörigen sein aufrichtiges Beileid ausgesprochen, eine unleserlich unterzeichnete Trauerkarte nebst eines nicht unerheblichen Betrags in bar abgegeben und sich, gleichsam unleserlich, ins Kondolenzbuch eingetragen hatte.

Als im Rahmen der Aussegnung die Urnen im Boden versenkt wurden, blieb Egbert abseits im Schatten. Erst als die Angehörigen und nahen Freunde der Familie Abschied genommen hatten, trat er selbst an das offene Grab, um eine einzelne Rose auf Victorias Urne zu werfen. Die Rose war nicht weiß, wie bei Beerdigungen üblich, sondern rot, was zu missbilligenden Blicken aus der Trauergemeinde führte. Die Leute waren Egbert gleichgültig. Beim Blick auf Victorias Urne wurden seine harten Züge einen Augenblick lang weich und eine kleine Träne entwich seinem linken Auge, die er umgehend mit einem Seidentuch wegtupfte. Beinahe mit Gewalt zwang er sich dazu, sich von dem Anblick der Trostlosigkeit abzuwenden und, ohne sich ein weiteres Mal umzusehen, den Friedhof zu verlassen.

Erst, als er nach mehreren Kilometern an der Autobahnraststätte den Wagen stoppte, gestattete es sich Egbert seinen Gefühlen freien Lauf zu lassen. Nachdem er sich wieder im Griff hatte, atmete er tief durch. Nachdem er sich sicher war, dass seine Stimme nicht mehr verheult klingen würde, ließ er den Bordcomputer seines Porsche die Nummer seiner Gattin wählen. Egbert sagte ihr, dass seine Dienstreise nun endlich vorüber sei, wie sehr er sie liebe und sie sowie die Kinder vermisse, auch dass er sich freue, bald wieder bei ihnen zu Hause zu sein. Auf Frau von Ludeviczs nicht minder unechte Replik, dass sie ihn alle auch schon schrecklich vermissen würden und seine Ankunft kaum erwarten könnten, startete er den Motor und steuerte den Porsche wieder in den dichter werdenden Verkehr auf der Autobahn. Ein Gefühl nach Hause zu kommen wollte sich dabei beim besten Willen nicht einstellen.

13. Epilog

> „That is not dead which can eternal lie,
> And with strange aeons even death may die."

Howard Philipp Lovecraft, **The Call of Cthulhu**

Es war um die Mittagszeit, als Victoria Frank sanft in die Seite knuffte, bis er die Augen aufschlug, um sie gleich wieder zuzukneifen, so hell blendete ihn die Sonne vom azurblauen Himmel über den ruhig dahinwogenden Wellen. Sie waren auf dem Parkplatz ihres Strandhotels am Meer angekommen und Frank wurde bewusst, dass er gerade wieder seinen Todestraum gehabt hatte, dieser hatte jedoch selten so plastisch und real gewirkt. Er wurde von diesem Traum bereits seinen einigen Wochen in stets gleichbleibender Art und Weise heimgesucht. Frank musste im Auto eingeschlafen sein und durch das sanfte Vibrieren des über den Asphalt der Autobahn rasenden Fahrzeugs hatten ihm seine Sinnesorgane eine noch nie dagewesene Realitätsnähe suggeriert.

Nun brauchte er einen Moment, um wieder ganz zu sich zu kommen und zu realisieren, dass er erstens noch lebte und zweitens bei strahlendem Sonnenschein am Meer angekommen war, um ein Erholungswochenende gemeinsam mit seiner Frau zu genießen. Alles war gut oder zumindest so gut, wie es die Situation eben zuließ.

Victoria und er lebten und es ging ihnen beiden gesundheitlich blendend. Meister Schnitter hatte sich wieder in eine ferne morbide Traumwelt zurückgezogen. Gleichsam bedeutete diese Erkenntnis, dass der Tod so bald keine Erlösung bringen würde, nicht für Frank.

So stieg er aus dem Wagen und blickte gedankenversunken in den wolkenlosen Himmel, plötzlich von einem diffusen und zugleich vertraut wirkenden Sinnesreiz alarmiert, dessen sensorische Repräsentation sich, gleichsam noch vorbewusst, zu formen begann. Noch weit unterhalb der Wahrnehmungsschwelle, schwang bereits ein schwacher Hauch kommender Unfreiheit in der sonst außergewöhnlich kristallklaren Luft am Meer. Aber es hätte schon übermenschlich empfindlicher Antennen bedurft, um diesen Eindruck zu jenem Zeitpunkt bereits richtig zuzuordnen.

Ende

Zusammenfassung

Durch einen Zufall stößt ein junger Militärgeheimdienstoffizier auf einen scheinbar banalen Erpressungsfall. Doch je tiefer er sich in die nicht für seine Augen bestimmten Akten vertieft, desto deutlicher wird für ihn, dass sich ein menschliches Drama hinter diesem Fall verbirgt. Im Mittelpunkt jener Affäre steht ein talentierter, noch nicht lange verheirateter Staatsanwalt, der sich durch ein riskantes Beziehungsmodell und ein noch riskanteres Doppelleben immer angreifbarer macht. So ist er schließlich gezwungen Entscheidungen zu treffen, die ihm in einer Gesellschaft, die bei scheinbarer Offenheit nur Verachtung für sexuelle Devianz übrig hat, Schritt für Schritt jegliche Perspektive rauben.

Vom gleichen Autor erschienen (2018):

Blicke ins Dunkel

Adoleszente Träume vom Bösen als Macht und ethischem Prinzip

Abschnitt I: Das kosmische Dunkel

Futurs Spur – 2 Horrorgeschichten

Futurs Spur ist eine fantastische Erzählung, die sich aus zwei Episoden zusammensetzt. Im Mittelpunkt der Handlung steht die Aktivität der Futuren, unsterblicher, mächtiger aber grausamer Intelligenzen, die in der Zukunft von Menschen geschaffen, aber aufgrund ihrer Gefährlichkeit in die Vergangenheit verbannt werden. Von einer Parallelwelt unserer Erde in einem leeren Universum aus begleiten sie die irdische Evolution seit Anbeginn der Zeit. Historische Lücken in der Erdgeschichte nutzen sie, um grausam in das Leben ihrer Opfer einzugreifen. Denn gefangen in einem todesähnlichen Zustand in ihrem leeren Kosmos gibt es nur ein Phänomen, das diese Kreaturen in einen ekstatischen Taumel des Entzückens versetzen kann: Die Wahrnehmung intensiver menschlicher Emotionen wie Angst, Hass, Leid oder Schmerz.

Abschnitt II: Das geistige Dunkel

Schuld – ein Drama

In einer postmodernen kapitalistischen Zukunft, in der die staatliche Ordnung zusammengebrochen ist, regieren kriminelle Clans als sogenannte Konzerne die Metropolen der Welt mit Drogen und Gewalt. Auf der Basis einer Wette zwischen Gut und Böse wird Natas, eine junge Seele, die kurz nach ihrer Geburt brutal von einem rivalisierenden Clan ermordet wurde, ins Leben zurückgeschickt. Von Lucifer mit der Macht der Hölle ausgestattet, begibt sich Natas als untoter Dämon auf einen Rachefeldzug an seinen Peinigern, womit das Böse Christus beweisen will, dass der Kreislauf von Hass und Vergeltung nicht gebrochen werden kann und unweigerlich in Schuld führt. Vordergründig widersinnig erscheint Christus' Geschenk an die wiederbelebte Seele, dass er sie in der Gesellschaft der totkranken jungen Prostituierten Natalja auferstehen lässt, die selbst eine Rechnung mit Natas' Peinigern offen hat. Unterstützt von der sterbenden Natalja bringt Natas das Imperium seiner Feinde ins Wanken. Doch kann er sich selbst davor bewahren, dass das Böse, gegen das er kämpft, dabei schleichend seine Seele vergiftet? In dem Konzernchef John Levec, der seinerzeit seine Ermordung anordnete, findet Natas einen brillanten Virtuosen auf der Klaviatur des Bösen, dessen dunkler Intellekt Natas' dämonischer Macht durchaus ebenbürtig ist. Auf den Trümmern seines Imperiums lockt Levec seinen Gegner in eine perfide Falle, an der selbst die Macht der Hölle zerbricht.

Abschnitt III: Das sinnliche Dunkel

Lustimpulse – eine Novelle

Der ehrgeizige, naive Medizinstudent und Stipendiat Daniel Ölinger träumt davon, Menschen durch neurochirurgische Manipulationen die uneingeschränkte Kontrolle ihres individuellen Glücksempfindens zu ermöglichen. Sein privates Glück sucht er bei seiner Freundin und Kommilitonin Judith Maifeld in einer offenen Beziehung, die beide auf Liebe, gegenseitigem Vertrauen, Freiheit und unbedingter Ehrlichkeit aufbauen wollen. In dem undurchsichtigen Neurochirurgen und Libertin Privatdozent William von

Hartstein scheint Daniel einen Gönner gefunden zu haben, der ihm beides bieten kann: Geld als Grundlage für seine Forschung und hedonistische Lebensart als Vorbild für seine Beziehungsführung. Doch nicht jeder steht Daniels psychomanipulativem Forschungsansatz vorbehaltlos gegenüber, so dass die Konfrontation mit einem auf Eigennutz bedachten Umfeld nicht ausbleibt. Auch übersieht er, dass hinter dem lustvollen Treiben im Sexclub der von Hartsteins Persönlichkeiten stehen, deren Ängste, Sehnsüchte und Konflikte die schöne Fassade gleichberechtigter sexueller Freizügigkeit auf Augenhöhe bald zu überschatten drohen. So schleichen sich in Daniels vormals geradliniges Leben Erpressung und Lüge ein, die das Fundament seines beruflichen wie auch privaten Werdegangs ins Wanken bringen.

Vom gleichen Autor erschienen (2020):

Futurs Spur III – Eine Horrorgeschichte

Das Artefakt

Mit „Das Artefakt" erscheint Teil III des „Futurs Spur" Zyklus, der im Sammelband „Blicke ins Dunkel" mit den Horrorgeschichten „Der Afghanistan-Einsatz" sowie „Zukunftslos – Die Versuchung im Eis" begonnen wurde. Der russische Psychologe Korsakow ist Teil einer Mission, die Ende der 90er Jahre in die Südpolarregion entsandt wird, um dort die Herkunft eines mysteriösen archäologischen Fundstücks aufzuklären. Die Arbeit des Teams wird überschattet von hartnäckigen Schlafstörungen, die schließlich Aggression und offene Gewalt zur Folge haben. Doch sind diese Exzesse wirklich nur stressbedingt? Oder verbirgt sich im ewigen Eis Anartikas eine Bedrohung, die niemand je für vorstellbar gehalten hätte?